魔導書学園の
禁書少女
2
少年、共に誓いを結ぼうか

少年、
君は私を信じてくれるかい？
これから先、
なにがあったとしても
君は私を
信じ続けてくれるかな？

？？？
『謎の少女』。彼女について語れることは多くない。
紅い目に、白い肌、破かれたようなドレス。
『アンネ』と同一人物にも見えるが……？

アンネ・クロウ
禁書を己に集め、自在に使う存在。
禁書少女。多くの謎や秘密を抱えている。

魔導書学園の禁書少女２

少年、共に誓いを結ぼうか

綾里けいし

角川スニーカー文庫

23308

口絵・本文イラスト：みきさい
口絵・本文デザイン：ＡＦＴＥＲＧＬＯＷ

CONTENTS

プロローグ

その場所は、巨大な書庫のように見えた。

円筒形の広大な空間に、黒の螺旋《らせん》階段が長く伸びている。緩やかな渦の形にそって、壁面には何百という本棚が並べられていた。それらは、すべて可動式となっている。木製の側面には取っ手が設けられ、ひとつひとつが、横に引きだせるように造られていた。だが、書庫にそれを動かす人の姿はない。重い静寂とインクの匂いに、本棚はただ包まれていた。

――今までは。

不意に、カツン、カツンと硬い音が鳴った。

どこから現れたのか、純白のローブを頭からをまとった人物が螺旋階段をのぼり始める。優雅な所作で、彼、あるいは彼女は階段の手すりを撫《な》でた。ところどころに置かれている鴉《からす》の像を白い手でなぞり、白服の人物は足を止める。視線を向けることなく、虚空を見つめたまま、彼、あるいは彼女は本棚の取っ手をつかんだ。ガコンと音をたてて、本棚は横に引きだされる。中には人の背丈ほどもある、巨大な本たちが並べられていた。無造作にまたは最初から決まっていた流れをなぞるかのごとく、白服の人物は中から一冊を選ぶ。その指先が触れた瞬間、音もなく本は棚から滑り落ちた。

ぱらりと、その表紙が開く。
中には人がしまわれていた。

まるで、悪趣味な子供のイタズラだ。ページをくり抜き、空けた穴の中に人形を隠したかのようにも見える。だが、現実にしまわれているのは玩具《おもちゃ》ではなく、本物の人間だった。

白服の人物は知っている。
ここは書庫ではなかった。

本棚に並べられた巨大な本の中には、ひとつの例外もなく、人間がしまわれている。それは大魔法使いたちが『かくあれかし』と望んだためだ。彼らの魔法によって、ここに並ぶ本は『人間を保存する書物』に変えられていた。だが、なぜ、人は中に封じられたのか。

答えは簡単だ。

彼らは犯罪者だった。

この場所は大罪人を捕らえておくための牢獄《ろうごく》なのだ。

犯罪者には有益な魔術を持つものが多い。彼らを殺すことなく、所有する『物語』を保管しておくために、このような牢が造られたのだ。

ある意味、犯罪者たちが本棚にしまわれているのもとうぜんのことといえた。この牢獄において重要視されているのは、人間ではなく、彼らの所有する魔導書のほうなのだ。

魔術師の牢獄には、人権などない。

中にしまわれた人間には、死も自由も永遠にあたえられることはなかった。

その残酷さを、白服の人物は目の当たりにする。だが、彼、あるいは彼女はカケラも動揺を見せることはなかった。白服の人物は、ただ淡々と拘束を解除していく。そして、取りだした犯罪者たちを、浮遊魔術を使って一階の床の上へと並べた。

やがて、彼らは目を開いた。

なにが起きたのかと、首筋に数字の入れ墨を刻まれた面々はあたりを見回す。

その前に、白い人物は立った。彼、あるいは彼女は言う。

「助けたかぎりは、私の命令に従ってもらう。断るのならば君たちはふたたび本の中だ」

その声には、単なる脅迫ではない重みがあった。

徐々に、犯罪者たちは理解していく。

どうやら、己の命運は目の前の人物に握られているらしい、と。


なにが望みだ。

誰かが聞いた。


なにを求める。

誰かが尋ねた。


彼、あるいは彼女は口元を歪《ゆが》めた。

白服の人物は両腕を広げる。そして演説をするかのごとく、張りのある声をひびかせた。

「私の望みはひとつだけ。腐敗した学園に鉄槌《てっつい》を」

壮絶に、笑って。

楽しげに笑って。

彼、あるいは彼女は告げた。

「さあ、――――革命を始めよう」

それは魔導書学園、『無限図書館』への、

堂々たる宣戦布告。

叛逆《はんぎゃく》の合図だった。

TIPS.1

図書監獄

大魔法使いの監視下にあり、彼らの魔術で造り出され、
維持されている監獄。
ここに収監された罪人たちは、
巨大な本の中へ閉じ込められることとなる。
あくまでも『犯罪者の持つ有益な魔術』を保存するための
措置であり、収監環境について、
犯罪者の人権は一切考慮されていない。
その証拠として、投獄中の犯罪者たちには
薄っすらと意識があり、動くことも眠ることもできない
苦痛に苛まれ続けている。
また、魔術師に下される判決は常に独善的かつ極端であり、
減刑の余地があるものも、一緒に収監されているのが現状である。
だが、そこには強力な力を持つ魔術師たちが、
けっして罪を犯さないよう、見せしめにしている側面もある。

第一章　平穏と激動

灰が。

灰が広がる。

海辺の街を、灰と錆《さび》が侵食していく。

レンにはこの光景を見た記憶がない。そのはずだ。しかし、『白の竜』との戦いを経て気絶したあとのことだった。深い深い暗闇の中で、レンは確かにか細い声を聴いた。


——お兄ちゃん。


また——学内で殺人事件を起こしていた生徒会の一員——リシェルの禁書の効果により、彼は失った記憶のカケラを取り戻してもいた。彼女の精神操作属性の物語によって、記憶をひきずりだされ、レンはほほ笑む人たちの姿を見たのだ。そうして、彼は初めて知った。

レンには、両親と小さな妹がいたことを。

かつて、彼らは穏やかに、平和に暮らしていた。

だが、ありふれた幸福は禁書の持ち主によって跡形もなく粉砕された。レン自身も、所有する物語を漂白されたことで人格どころか、魂すらも剝奪《はくだつ》された。

過去に、大切な人がいた。

だが、もう、かすかな声の残滓《ざんし》しか記憶にはない。

――お兄ちゃん。

今も、レンはその声を聴く。なんども、なんども、くりかえし、妹の呼ぶ声は暗闇の中からひびいてきた。まるで深海の底で、銀のあぶくが弾《はじ》けるかのようだ。切ない音は続く。

――お兄ちゃん。

――会いたいよ、お兄ちゃん。

声が訴える。

声は求める。

妹が自分を呼んでいる。

それなのに、レンには応えることができなかった。この空間の中では言葉を発するための体が存在しないのだ。口は動かず、言葉はでず、なにも語れないまま夢はやがて終わる。

——お兄ちゃん。

——少年。

それに別の声音が重なった。そうやって自分を呼ぶ人物のことをレンは一人しか知らない。『彼女』が待っているのならば起きなければ。そう、彼はゆっくりとまぶたを開いた。

まず、銀髪の輝きが目に入った。

レンの伏した机の端に、一人の女生徒が腰かけている。寝ぼけたまなこに映る姿は、幻のように美しい。彼女は顔立ちも体つきも整っていた。白磁の肌に、宝石のような紅《あか》い瞳がよく似合っている。童話に登場する姫のような——その姿を見上げて、レンは口を開いた。

「……アンネ、か」

「その通りだよ、少年」

いたずらっぽく、彼女は手を伸ばした。白い指が、レンの鼻先をちょんとつつく。

ほほ笑みながら、アンネ・クロウは応えた。


「君の相棒にして伴侶こと、アンネさ」


本棚に挟まれた空間は、埃《ほこり》とインクの匂いに包まれている。古く濁った空気を吸いこみながら、レンはかすかに唇を歪《ゆが》めた。アンネに向けて、彼は笑い返す。

「伴侶は嘘《うそ》だろ？」

「私は健やかなるときも病めるときも、そばにいると誓ったというのに、少年のほうがなかなかに頑《かたく》なでね。あーあ、はやく、正式に婚姻を結びたいものだよ」

「言ってろ」

アンネの軽口は健在だ。彼女のふざけた言葉を聞き流しつつ、レンは背筋を伸ばした。縮こまっていた骨と筋肉がバキバキと音をたてる。どうやら、自分で思っていたよりも長く眠ってしまっていたものらしい。あくびをひとつ噛《か》み殺して、レンは尋ねた。

「もしかして、もう授業が始まってる、なんてことはないよな？」

「安心したまえ。今は昼休みが終わるちょっと前だよ。このまま目覚めないようなら、口づけで起こそうかと思っていたけれどね……って、イタァッ！」

「そうやって、女の子が人をからかうんじゃありません」

「童話の定番すらアウトとは、少年の判定は厳しすぎるんじゃないかなぁ？　そんなんじゃいつか、正式に書面で苦情が入るよ」

「誰から」

「私とベネベネと、アマリリサ君あたりからかなぁ」

ぼやきながら、アンネはデコピンされた額を撫《な》でた。

そんなに強くはやってないぞと、レンは言う。深々と、アンネはため息をついた。

「わかってないなぁ、少年。女の子の額を弾くことこそが問題なんだよ」

「そうか？　そういうもんなのか？」

「ふぅ、やれやれ。こんなにも女心がわからない少年とは私が結婚してあげるしかないね」

「ああ言えばこう言うな」

半眼で、レンは応えた。なぜか得意げに鼻を鳴らし、アンネは足を組み直す。すべすべとした白い太ももが、朱《あか》いスカートから露《あら》わになりかけた。だが、彼女は気にもとめない。

それどころか、不意にアンネは表情を真剣なものに変えた。重く、彼女は口を開く。

「禁書使い、リシェルとの戦いのことだけれども、無事に終了してなによりだった。あれから情報網を休むことなく駆使して、私は君の仇《かたき》について調べ続けてきたのだけれどもね」

「えっ……調査、してくれていたのか？」

「もちろん。君の仇は見つける約束だからね。相棒として、とうぜんのことだよ」

銀髪を揺らし、アンネはうなずく。

彼女の言葉を聞いて、レンも表情をひき締めた。


レンの仇。

ひとつの街とすべての命を、錆と灰に変えた人物。

禁書をもちい、悪魔的犯罪をなした者。

その正体は、依然としてつかめてはいなかった。

＊＊＊

――人は誰もが物語を持つ。

魔術師にとって、それは例え話ではない。

魔術師たちは、己の精神世界に本と本棚を持つのだ。

さらに、望めばそれを具現化して、魔導書として使うことができた。本とは魂そのものであり、無理やり奪われると所有者は死亡する。また、――めったにないケースだが――書かれている物語の内容をすべて消去された場合、所有者は廃人と化した。

だが、ユグロ・レンは本を白紙化されながらも、伝説の『修復師』ユグロ・レーリヤに救われた。成長後、彼は魔導書学園――『無限図書館』に放りこまれた。

そして、アンネと出会い、――同じ学《まな》び舎《や》に、自身の仇が在籍している事実を知った。


君、私の伴侶になりたまえよ。


そう誘われたレンは、仇を見つけることを条件に、アンネの相棒となった。別の禁書使いの起こした事件を、二人はともに解決した。だが、まだ、レンの仇は見つかっていない。

今、アンネの報告を、レンは固唾《の》を呑んで待った。

陽《ひ》の光が、彼女の銀髪に降り注ぐ。きらきらと輝きながら、アンネは深刻な表情をしていた。なにかを考えこみながら、彼女は両腕を組む。言葉を選びながら、アンネは語った。

「この学園に、君の仇は罪を咎《とが》められることなく在籍している。おそらく、その背後には身柄をひき取り、保護している大魔法使いがいる……現状、わかっているのはここまでだ」

「ああ」

「だが、調べていたら、まだ語る段階にはないけれども、いくつかの情報がひっかかってね……そのうちの数個は、君が決して知る必要のないものだ。それに加えて……いつかは少年が直面してしまうだろう情報もある。だから、今のうちに聞いておきたいと思ってね」

真剣な声で、アンネは意味深なことを言う。なにがわかったのかとレンは聞きたかった。知る必要がないことなんて、なにもない。どんなささいな情報でもいいから聞かせてくれ。そう、レンが頼もうとした瞬間だ。アンネはさえぎるように続けた。

「少年、君は私を信じてくれるかい？」

彼女の紅い目は、真剣で、切実な光をたたえていた。

＊＊＊

レンは息を呑む。なにを思ってか、アンネは顔を寄せてきた。甘い息が香る。口づけをするような距離までアンネは近づいた。ないしょ話をするように、彼女は小さくささやく。

「これから先、なにがあったとしても、君は私を信じ続けてくれるかな？」

「急になにを……」

「いいから」

答えを、アンネはうながす。紅い瞳が間近でまたたいた。ぐるぐると、レンは考える。

これから先も、アンネを。

信じることはできるのか。

たとえなにがあろうとも。

書架の狭間《はざま》に沈黙が落ちた。窓から降り注ぐ陽の光が、静寂の重さには似つかわしくないほどに暖かい。その温度を感じながら、レンは口を開いた。

「わかった、信じるよ」

本当にそうか？

頭の中で、誰かが言った。なにせ、レンはアンネのことを、『禁書少女』のことを、ほとんどなにも知りはしないのだ。唯一、彼女が『正義の味方』を自称していること以外は。

だから、自然と、返事は軽薄さをおびてしまった。

それを、アンネがどうとらえたのかはわからない。

ただ、彼女はさみしげな笑みを浮かべた。

「そっか……」

「なあ、アンネ」

慌てて、レンは声をかけようとした。なんでもいい。なにか、彼女に寄り添う言葉をさがさなくてはならなかった。それほどまでにアンネの表情は切なく、悲しいものに見えた。

不器用に、彼は声をだそうとする。だが、その直前のことだ。

「ユグロ・レン氏確保ーっ！」

「はい！　ベネは本っ当に空気を読むことを覚えような！　今は無理でも、これから、いっしょに練習していこうなっ！」

緊迫した場に、とつぜん蜂蜜色の台風が現れた。

蜂蜜色の髪に獣耳をはやした少女が、レンに勢いよく抱きついたのだ。

彼女は小柄だ。身長に似つかわしく、容姿も愛らしい。レンといっしょに落ちこぼれの最低辺クラス、『小鳩《こばと》』に在籍している女生徒だった。名を、ベネ・クランという。

どうやらレンの知らないうちに、彼女は彼を探して歩き回っていたらしい。

日頃から、ベネは元気いっぱいだ。今も、彼女は大きく頰《ほお》をふくらませる。

「ふーんだ。二人でこっそり逢《あ》いびきしてるのを見つけたら、空気を読んでなんかいられないやい！　レンに最初に目をつけてたのは私なんだからね！　理は我にあり」

「ときたま、よくわからんことを言いだすよな、おまえ」

「あの……旦那様」

「そして、やっぱりアマリリサもいるんだよなぁ」

呆《あき》れたように、レンは言った。

ベネの後ろから、金髪を二つに結んだ少女がおずおずと現れる。その顔立ちは人形のように整っていた。翠《みどり》の目が美しい。最底辺クラスの『小鳩』所属のレンたちとはことなり、才女のアマリリサ・フィークランドは最高クラスの『大鴉《おおがらす》』の生徒だ。早めに移動しなくては、授業にまにあわなくなる。だが、特に焦る様子もなく、彼女は胸の前で腕を組んだ。

愛らしく唇をとがらせて、アマリリサはレンに訴える。

「私という婚約者がいるのに、浮気するのはどうかと思います」

「だから、俺はおまえの婚約者じゃないって何度言ったら……」

「うーん、処刑ですな」

「おまえも流れるように会話に乱入するな、ディレイ」

いつの間にか、近くの本棚には一人の男子生徒がもたれかかっていた。

特徴的なインバネスコートを着こなした、レンの親友、ディレイ・デンリースだ。

実に悲しそうに、彼は己の額に指をそえる。そして、ゆっくりと首を横に振った。

「いや、私とて大切な友人のレン氏を殺したくはないですぞぉ？　でも、女子にモテすぎな現状には鉄槌《てっつい》をくだすしかないと、昨晩、夢枕に立った神も熱く語っていましたし」

「そんな邪神、無視しろ」

「それよりさ、レン、聞いてよーっ！」

「ベネは飛び跳ねるな。埃《ほこり》がたつ」

「いいですか、旦那様。フィークランドの家に入るのであれば、それなりの心がまえを」

「入らない」

「死刑」

「単語で喋《しゃべ》るな」

部屋はすごいにぎやかさと化す。

いつものメンバーがそろい、残り少ない休み時間は、ふだんどおりの大騒ぎへとついやされた。ベネが笑って、アマリリサが拗《す》ね、ディレイが手を叩《たた》く。

そんな日常を、アンネはほほ笑んで見つめている。

まるで自分の決して入れない、遠いなにかを眺めるかのように。

時たま覗《のぞ》く、アンネのその表情が。

レンには、なんだか気にかかった。


「なあ、アンネ」


だが、そこで鐘が鳴った。

授業のはじまりを知らせる合図だ。あわてて、全員が顔を見あわせる。

「やっば」

「まずいですぞぉ」

「急ぎましょう！」

「もう手遅れかもね」

「遅刻はかんべんだ」

我先にと全員が走りだした。『大鴉』の教室は遠い。そのため失礼しますと、アマリリサは移動属性の魔術を使った。残された『小鳩』の面々の進行はいつのまにか競走と化す。

ベネが先を行き、ディレイが姿勢のいい走りを見せ、アンネはレンの腕をひっぱった。

「少年、相棒として、私を置いていくことは禁止だよっ」

「だーもう、おまえ、本気出したら俺より足速いだろ！」

「平時に、アンネさんは体力を使うことがいやなのさ。あーあ、相棒にして伴侶な、どこかの気が利く少年が、私のことを背負ってくれないかなー？」

「くれない」

「後ろ、いちゃつくの禁止だからーっ！」

振り向きながら、ベネが文句を言った。アッハッハッとアンネは声をだして笑う。その横顔に、先ほどまでのような暗さはうかがえない。ホッとしながら、レンは必死に急いだ。

かくも、平穏な日々は続いている。

少し前の陰惨な事件が嘘《うそ》のような、和やかな時が流れていた。

もうなにも、起こりはしないと語るかのように。

＊＊＊

「今日も『いやあ、落ちこぼれの担当は楽でいいですなぁ』って言われたんですけどぉ。楽じゃないですしぃ！　それにぃ、みなさんも、私も、落ちこぼれなどでは、なぁい！」

「先生どうどう」

「今日もお髭《ひげ》が決まってる」

「ちょっとくるんってしてるのがいいよね」

老教師のアマギスがキレる。

アンネ以外の『小鳩』の面々が、彼のふんがーをなぐさめる。

そんな、これまたいつもどおりの展開から授業は開始された。

だが、レンは『物語の具現化の発見と、製本技術発生のかかわりについて』の授業を聞いてはいなかった。ぼんやりと、彼はアンネのことを目に映す。

長い睫毛《まつげ》には、影が落ちていた。黙っていると、彼女の美しさは神秘的にすら見える。たいくつそうに、アマギスの話を聞く様子はいつもどおりだ。やはり、ついさっきまでまとっていた、どこかさみしげな、独りで遠くに立つような、そんな影は消え失《う》せている。

だが、レンはアンネから目をそらすことができなかった。

油断をすれば、彼女は一瞬のうちに消えてしまう。そんな予感がしたのだ。

やがて、アンネは視線に気がついた。パチンと、彼女はレンに向けて片目をつむる。小悪魔的なしぐさだ。それに、レンは反応を返さなかった。さすがにおかしいと思ったものか、アンネは首をかしげる。続けて、彼女は紙に羽根ペンを走らせた。

『恋かな、少年？』

『ばか』

『そうかー、ついに恋しちゃったかー、私にかー、しかたないなー』

『ばーか、ばーか』

『少年が本気でおつきあいしたいのなら、考えてあげなくもないんだけどなー』

『ばーか×三回』

しばらくレンはアンネと応酬を続ける。だが、遊んでいる気配を感じたものか、アマギスがむむと亀のごとく首を伸ばした。慌てて、レンは最後の言葉を乱れた筆跡でつづる。

『授業終わりに、さっきの空き教室で』

『了解』

やりとりは終了だ。まじめに授業を聞いていましたよと、二人は姿勢をただした。

ふたたび、レンは横目でアンネを見た。真剣に、彼は考える。

（……さて）

仇《かたき》について知りたい。その思いは強かった。だが、アンネは『まだ語る段階にはない』とも言っていた。そして、レンには決して語る気がない情報がある、ということも。それらを無理に聞きだす気はレンにはなかった。アンネの判断は尊重するべきだと思っている。

今は他に聞きたいことがあった。

（俺が、アンネのことを信じきるためにも）

『禁書少女』とはなんなのかについて、を。

＊＊＊

アンネは禁書を集める一族の出身者だ。世界を呪うと言われている、負の感情だけで構成された強力な書物——禁書の管理を、一族は行なっているという。

禁書を持ち、禁書を操る、少女。

『禁書少女』——それがアンネだ。

だが、その、最終目的はわからない。

アンネは正義の味方を自称している。

決して、禁書を誤った方向に使うことはないと、彼女は固く約束していた。禁書を扱うことに、嫌悪以外の感情を覚えたことはないとも語っている。その善性を信じて、レンはここまでついてきた。相棒を名のる以上、今でも疑いなどは抱いていない。

アンネ・クロウは正義の味方だ。

だが、だからこその、謎も残る。

(禁書を集めて、アンネはどうするんだろう)

ただ保有を続け、やがて血族に譲渡するのだろうか。だが、そんな『普通の魔導書のような』扱いを禁書にするとはとうてい思えなかった。

集める以上、その先には『なにか』があるはずだ。

それを聞きたいと、レンは思った。だが、率直に切りだすのはむずかしい。

まず、あたりさわりのないところから、彼は話を始めた。

「今度の一時帰省休暇に、アンネは一族のもとへ帰るのか?」

「ああ、ベネベネたちが騒いでた、アレか……私は帰らないよ。禁書を保管する一族は流浪の民だからね。彼らは常に動き続ける。私には帰る場所なんてないのさ」

　さらりと、アンネは答えた。そうだろうなと、レンは思った。禁書の所有者は発覚しだい、処刑される決まりだ。ならば一箇所に居着くような愚かなまねは決してしないだろう。

　だが、それは、なんだか。

　さみしいことにも思えた。

　レンは口を開く。だが、なにかを言う前に、アンネが尋ねた。

「少年はどうするんだい？」

「アンネも知ってのとおりだ、俺の故郷の街は『もうない』」

「ああ、そうだね」

「……リシェルに、禁書の効果で過去の記憶をひきずりだされただろう？　なんだか、あれ以来、妹の声をくりかえし夢で聞くんだ」

　ぽつりと、レンは思わず苦悩を吐きだした。

　最近、眠るたび『お兄ちゃん』という声を聞く。そのたび、レンは懐かしくも、重い悲しみに襲われた。夢の中では妹がまだ生きていて、自分を呼んでいるような錯覚を覚える。

　だが、目覚めると、可能性などないことを思い知らされた。

　錆《さび》と灰のあいだから発見されたのは、レン一人だけなのだ。

どれだけ願っても、
どれほど望んでも、
妹は、もういない。

(そういえば……なぜ、本が漂白されていたとはいえ、俺は死ぬことなく、体の損傷もなしに生き残れたんだろう？)

皆は、肉が崩れたのに。

崩壊して殺されたのに。

レンがそう疑問を持ったときだ。悩む顔を見て、なにか思うところがあったのだろう。

不意に、アンネは手を伸ばした。ぽんぽんと、彼女はレンの頭を撫でる。さらにくしゃっと、アンネは彼の前髪を崩した。さらに指の腹で、優しく額をなぞる。

親愛の滲《にじ》む動作だ。

突然のことに、レンはまばたきをくりかえした。あらためて、彼はアンネを見つめる。

子供に向きあうように、彼女は優しくほほ笑んでいた。

「少年、いい子、いい子」

「なんだよ、急に」

「別に。ただ、君が深く思い悩んでいる気がしてね……少年の故郷は失われた。それはとても悲しいことだ。でもさ、帰るところはあるんだろう？」

気持ちの切り替えをうながすように、アンネは聞く。

レンはうなずいた。煙草《たばこ》をふかす女性の姿を思い返しながら、彼は続ける。

「ああ、俺は師匠……『修復師』ユグロ・レーリヤのところに帰るよ」

「そうかい。君たちの師弟関係は悪くないようだからね。帰省を楽しむといい」

「よかったら、アンネもいっしょに来ないか？」

深く考えるひまもなく、レンは自然と喉から言葉を押しだしていた。今度は、アンネがまばたきをする。レンも自身の提案に驚いていた。それでも、彼はなんとか続ける。

「一人で学園に残るのもたいくつだろ？　師匠のところは貴重な書物が多いし、飯も……俺が作るんだけど、材料がいいから美味《うま》いんだ。だからさ、アンネもいっしょに帰ろう」

なんてことはない。一度口にしてしまえば、それはとても自然なことに感じられた。

相棒としてはあたりまえの誘いだろう。葡萄《ぶどう》細工のほどこされた暖炉のある応接間にレーリヤだけでなく、アンネもいる。二人がともに座る様子は、とてもなじむ光景に思えた。

だが、アンネは首を横に振った。

「遠慮しておくよ。ユグロ・レーリヤ氏は伝説の『修復師』だ。一流の魔術師には、私の秘密をあっさりと見抜かれかねないからね」

「そっ、か……悪いな、急に無理を言って」

「全然。でも、少年の手料理は食べてみたかったなぁ。今度、作っておくれよ」

「厨房《ちゆうぼう》がないって」

「うーん、どこか借りられないかなぁ」

「寮母さんに頼めば、可能性はあるかもな」

「いいね、いいね。少年、私はサクサクのパイが好きだよ！　うーん、これは本格的に計画しなければならないね！　いつだったら、許可がもらえるかなぁ？」

明るく、アンネははしゃぐ。自身の頬《ほお》に指を添えて、彼女は考えこみ始めた。

その様子を眺めながらも、レンは軽く拳を握った。ふたたび、彼は自然と言葉をこぼす。

「もう、いいだろ、アンネ。俺に教えてくれても」

「なにをかな、少年？　私の胸の詳細な大きさについてかな？」

「今は殴るのは省略するぞ。まじめな話だからな」

息を吸って、吐く。

じっと、アンネはレンを見つめている。その紅《あか》い瞳を視線で射抜いて、レンは告げた。

「禁書を集める一族の最終目標について、――『禁書少女』の目的について教えてくれ」

アンネは答えない。静かに、彼女は目をそらそうとする。

だが、レンはそれを許さなかった。彼はアンネの顔を覗《のぞ》きこむ。

がまん比べには、意外なことに、彼女のほうが先に折れた。

ゆっくりと、アンネは唇を開く。

「少年、それは……」

『みなさあああああああああああああああん、元気ですかああああああああああああああ』

瞬間、ものすごい大声が空気を切り裂いた。

まるで、なにかの始まりの、号砲のごとく。

＊＊＊

「なん、だ」

「少年、外」

アンネに言われ、レンは窓に張りついた。

瞬間、大量の羽音が間近で鳴った。『無限図書館』の壁面に棲《す》む鴉《からす》たちがいっせいに飛び立ったのだ。まるで舞台演出のごとく、黒い羽根が盛大に舞う。

それが落ちきるまえに、レンとアンネは声の主を見た。

「誰だ……アレ？」

「学園の関係者ではなさそうだね」

『無限図書館』の入り口前には、人が立っていた。

まだ、歳若《とし》い少女だ。彼女はフリルを多用した独創的な衣装を着ている。細い首筋には数字の入れ墨がなされていた。どこから見ても異様な姿で、少女は堂々と胸を張っている。

魔道具の拡声器を手に、彼女は続けた。

『元気な人はざーんねん。みなさん、ここで死んじゃうので』

「アイツ……なにを言ってるんだ？」

「少年、静かに！　詳細を聞くべきだ」

『なにを言ってるんだと思ったあなたも、そうじゃないあなたもハジメマシテコンニチハ。それではああああああああああ、さああああああああああっそくぅうううううううう』

大きく、少女は息を吸いこんだ。

キィンッと、不快に空気が鳴る。

一転して、少女は真剣に宣言した。

『これより【革命】を開始します』

瞬間、地は鳴り、空は轟《とどろ》いた。

学園全体が地震のように揺れた。三本の太い柱が遠い宙より飛来し、打ちこまれたのだ。
元からあった建造物のごとく、柱は堂々と立った。その頂点に金の光が点《とも》り、線が走る。
『無限図書館』は三角形の中に囲われた。

そして結界が発動した。
外と内を、隔てる壁が。

レンたちは――『無限図書館』の生徒と教師、全員が閉じこめられたのだ。

魔導書学園の
禁書少女2

第二章　『魔導戦争』開幕

『えーっ、察しのいいかたにはもうおわかりかとも思いますが、結界を張らせていただきました！　これでみなさんは袋の鼠《ねずみ》！　逃げることも、助けを求めることもできません！』

なにが楽しいというのか、少女はケラケラと笑った。腹を抱えて、彼女は身をよじる。

その笑いかたは発作的だ。なかなか収まらない。やがてゲホッゴホッと咳《せき》をするにいたって、少女はなんとか止まった。ぜーはーと苦し気に息を吐いて、彼女はヨダレをぬぐう。

一方で、レンたちは現状のまずさに気がついていた。顔を見あわせて、二人は語る。

「これって……危機的、状況だよな？」

「そのとおりだとも、少年。私たちは監禁されたも同じだよ」

アンネが指摘する。レンはうなずいた。

おそらく、二人の認識は共通している。

学園を囲む形で、三本の柱は打ちこまれた。規格外に巨大ではあるものの、アレらは結界を発生させる魔道具だろう。実際、柱を始点として金色の壁がそびえているのが見えた。

少女の言うとおり、学園は外との繋《つな》がりを断たれたのだ。

この状況下で、いったい、なにを始めようというのか。

（それが一番、恐ろしい）

少女の言葉を待って、レンたちは身がまえた。

自身の顔の前に、彼女は人さし指をたてた。チッチッと、少女はそれを横に振る。

『ただーし、私たちは、実は【絶対悪】じゃありません！　条件を叶《かな》えてくれさえすれば、すぐにでも退《ひ》いてさしあげますよ？』

「……条件？」

いぶかしげに、レンはつぶやいた。

少女と彼の距離は遠い。声が届くはずもなかった。

だが、レンの疑問に応えるように、彼女は続けた。

『この学園はあろうことか、大罪人である、禁書の所有者をかくまっていまっす！　ちゅっどーん、超驚きですねっ！　他の全員を殺されたくなければ、大魔法使いは該当人物を速やかにさしだしなさい。または、禁書の所有者自らが、投降してもいいですよーっ！』

「……禁書の所有者？」

ちらりと、レンはアンネをうかがった。彼が知る禁書の持ち主といえば彼女だ。

人形のように端整な横顔は、こわばっている。アンネに向けて、レンは尋ねた。

「わからない。知らない。それに、少年──私の正体を知るのは君だけだ。学園にも禁書の所有の事実は隠してある。あの少女の『かくまっている』という言葉に私は該当しない」

「知ってるやつか？」

「じゃあ……もしかして！」

「ああ、その、もしかしてだよ」

こくりと、アンネはうなずいた。己の唇に、彼女は指を押し当てる。少しだけ、アンネは考えこんだ。だが、結論はすぐにでたらしい。紅い瞳を光らせて、アンネはささやいた。

「あの少女の指名しているのは、かくまわれている君の仇《かたき》……その可能性が高い」

レンは目を見開いた。

まさか見知らぬ人物の口から、仇の存在がでるとは思わない。

いったいそれはなぜなのか。

該当者は現れるのか、否か。

固唾《の》を呑んでレンは展開を見守る。

しばらく、穏やかな沈黙が続いた。

澄んだ陽光が、少女へと暖かく降り注ぐ。大きく、彼女はため息をついた。肩をすくめ、少女は気だるげに拡声器を振り回す。ふたたび、それを口に当て、彼女は声を張りあげた。

『まあね。ここで名乗りでてくれたら、私たちもお仕事になんないか。それでは、あー』

指で、少女は拳銃を形作った。この社会において、武器は一応開発されている。だが、魔術の尊重傾向から、ほぼ存在が廃れて等しい。その形を模した手を、少女は天に掲げた。

一連の光景を、レンは現実感なく見つめる。

パァンッと、少女は口で発砲音を鳴らした。

『革命開始』

＊＊＊

宣言と共に、彼女は拡声器を降ろした。レンは知らない歌を、少女はつむぎ始める。

「女王様の橋が堕《お》ちた、堕ちた。女王様の橋が堕ちた、堕ちた」

瞬間、その周囲に、影が湧きたった。

黒色が現れ、伸びあがり、形をとる。

だが、学園は結界で封鎖されていた。外から中へは入れない。おそらく、彼らは移動属性の魔術で侵入したわけではないのだ。今まで隠していた姿を、合図で現しただけだろう。

その事実に気がついて、レンはゾッとした。

少し前に、日常はすでに崩されていたのだ。

怪物に、獣、魔術師らしい人間たち。

さまざまな者が、少女のそばに集う。

「女王様の橋が堕ちたよ、私の淑女」

レンは見た。人間の首には、例外なく数字の入れ墨が刻まれている。少女の歌が終わると彼らは一斉に動きだした。黒く巨大な津波のごとく、入り口から学園内へとなだれこむ。

また、すでに侵入していた者たちもいたらしい。

遠くで、叫び声があがった。

誰かが、傷つけられている。

すぐにでも動かなくてはならない。そう察しながらも、レンは固まっていた。なにせ、ほんの少し前まで、平穏な時間が続いていたのだ。急激すぎる展開に、頭は痺《しび》れている。

ぐるぐると、彼はとりとめもなく思考をつむいだ。

(いったい、なんだ？　禁書の持ち主になんの用……革命？)

「少年、呆《ほう》けているひまなんかないよ」

鋭い一喝に、レンはハッとした。迷いも、ためらいもなく、アンネは行動に移った。

彼の腕をとり、彼女は走りだす。転ばないように足を動かしながらレンは思った。

（いつでもアンネは相棒として、俺の目を醒《さ》ましてくれる）

首を横に振り、レンは己に活を入れた。混乱している暇はない。今は目の前の危機に集中すべきだ。険しい顔で、アンネは廊下を急ぐ。その背に続きながら、レンは問いかけた。

「どこへ行くんだ？」

「『小鳩《こばと》』の教室だよ！　ベネベネたちが危ない！」

ぐっと、レンは心臓をつかまれるような恐怖を覚えた。『小鳩』は最弱のクラスだ。襲われれば、彼らには抵抗のしようがない。襲撃直後に、アンネはその事実に気づいたのだ。

足を速め、レンは彼女のとなりに並ぶ。

「急ぐぞ！」

「うん！」

二人は学園内を駆ける。

悲鳴や、物の壊れる音は続いていた。

それに、遠く、物語の詠唱が混ざる。

すでに戦っている者たちがいるのだ。

まるで独り言のように、アンネはささやいた。

「学園側にも、戦闘を行える人員は多い。侵入者とは力のぶつけあいになるだろう。また、ほとんどの生徒は敵勢力と関係がないと思われる。ならば、これは革命なんかじゃないね」

「なら、なんだよ」

低く、レンは尋ねる。

端的に、アンネは応えた。

「戦争だよ」

かくして、学園にやがて名の残る、

魔導戦争は開始された。

CHARACTER.1

グレイ・ドードー

『無限図書館』から伸びる無数の学術都市。
その中の一つを血で震撼させたのが、
ドードーの存在である。
被害者は全て魔術師。
喉を切り裂き、羽根を残す手法から、
『切り裂き鳥』の異名で恐れられた。
一方、被害者は違法実験に
手を染めていた者ばかりであり、
ドードーの犯行には
義賊的な側面があるともされている。
だが、その選択理由は
『悪いことをした奴なら好きに殺しても
いいちゃん！』という短絡的なものであり、
彼女はまごうことなき快楽殺人鬼である。

The Forbidden Girl of Grimoire Academy

第三章　将の一人

高い悲鳴が響く。

それによく知る声が混ざり始めた。

思わず、レンは顔を青ざめさせる。

『小鳩』の面々が叫んでいるのだ。


「そろそろ着くよ！」

「ああ…………っ！」

教室に駆け寄って、レンはがくぜんとした。無惨に扉は破壊されている。中にはマントを着た魔術師一人と、数体の獣の姿が見えた。既に、あたりには本棚が展開されてもいる。

魔術戦が行われているのだ。

だが、恐れることなく、アンネとレンは教室に踏みいった。

「みんな無事か⁉」

「レン！」

ベネが声をあげる。

すばやく、レンは視線を走らせた。

教室後方に生徒たちは固まっている。

授業も終わり、寮に帰る直前だったらしい。床には鞄《かばん》の中身が散乱していた。身を寄せあっている姿を見るかぎり、重傷者はいないようだ。だが、一人が肩から血を流している。

その傷口に、ベネはハンカチを巻いていた。ディレイは防御魔法を展開している。

そして、今の今まで『小鳩』の生徒たちが無事でいられたわけを、レンは察した。


一身に彼らをかばう者がいたのだ。

先頭に、アマリリサが立っている。


彼女はすでに、己の持つ本棚を現実世界へ『開示』していた。

恐れることなくアマリリサは真剣な瞳に敵を映す。指揮するように彼女は手を動かした。

百を超える本の中から、新しい一冊をとりだす。書かれた物語を、アマリリサは詠唱した。

「『氷の女王は泣いた。己《おの》が民の行く末を思い、涙を流した。尊い雫《しずく》は雨となり、彼女を害する、すべての者を押し流し、凍りつかせる。愛ゆえに。愛ゆえに』」

氷と水の複合属性が発動する。

天井から雨が垂れた。本物の涙のようにそれは重く落ち、床にたまり、凍りつく。

上下からの攻撃はかわすのが難しい。獣たちは脚をとられた。憎悪のうなりがあがる。

だが、己の本棚を開示したうえで、マント姿の男も詠唱を終えていた。

「『風よ！　渦を巻け、嵐となれ！　すべてに汝《なんじ》の威武と脅威を示さん！　雨を払え、炎を切れ、地を砕け！　唱え、歌え、謡え！』」

風が舞う。不可視の斬撃が荒れ狂った。それは雨を払い、床を覆う氷を割る。

レンは舌打ちした。アンネがつぶやく。

「……上手《うま》い。対抗呪文の選別が的確だ」

魔術師同士の戦いでは本棚から一冊を選ぶさい、どうしても隙が発生する。特に、後から詠唱する者は不利だ。だが、それを感じさせない速度で、男は適切な本を選んでみせた。

（実戦慣れ、している）

そうレンは判断する。

同時に、駆けだした。

「――――ふっ！」

男の背中に、彼は蹴りを入れる。

本を手にしているとき魔術師は物理攻撃に対して無防備になるものだ。だが、予期していたかのように男は軸足を中心に半回転した。レンの一撃をかわし、物語の詠唱を続ける。

「『大地は揺れ、民衆は……』」

だが、避《よ》けられることも、また、こちらの予測のうちだ。

前を見たまま、レンは叫ぶ。

「アンネ！」

「『炎の子らよ！　笑え！』」

レンの攻撃の間に、開示は終わっている。禁書ではない通常の物語を、アンネは唱えた。男の間近で、火花が弾《はじ》ける。攻撃とはほとんど呼べない威力だ。だが、ひるませるには十分な効果があった。思わず、男はのけぞる。

そこに、アマリリサの詠唱が突き刺さった。

「『雷の槍《やり》は、天地を貫き、千の轟音《ごうおん》を歓声のごとくひびかせた』」

「ぐっ……ごっ！」

鋭い電撃に打たれ、男は震える。膝から、彼は崩れ落ちた。その分厚い体に潰されて、氷の欠片《かけら》が音を立てて割れる。無防備に、男は四肢を投げだした。もう、動けないらしい。

痙攣する相手を、レンは観察した。

その首筋には、数字の入れ墨が刻まれている。やはり、拡声器で叫んでいた少女の一派だ。それと男の無力化の確認を終え、レンは『小鳩』の面々に駆け寄った。

後ろに、アンネが続く。

「みんな、大丈夫か？」

「ユーゴが肩に怪我《けが》をしたけど、それだけだよ！　リリーが守ってくれたんだ！」

「リリー？」

「アマリリサのこと！」

ベネは金髪の才女を指さした。どうやら、あだ名をつけるのは彼女の癖らしい。

胸元を押さえて、アマリリサはうなずいた。

「授業が終わって、私は『大鴉《おおがらす》』の教室から、『小鳩』の教室へと移動していたんです。旦那様と、ベネさんたちと遊ぼうと思って……そうしたら、いきなり『革命』が宣言されまして……ほどなくして、男と獣たちが押し入ってきたんです」

「大丈夫かい、怖かっただろう？」

「いえ、フィークランドの名にかけて、ボコボコにするつもりでしたっ！　でも、一人では危なかったですね。お二人には助けられました。ありがとうございます」

アンネの問いに、アマリリサは両手を拳の形に固めて応えた。だが、すぐにしゅんとして、頭を下げる。なにを言うのか。『小鳩《こばと》』が助かったのは、あきらかに彼女のおかげだ。

そう、二人は大いに褒めた。

そこで、ディレイが近づいてきた。首をかしげて、彼はたずねる。

「レン氏。いったい、なにが起きているのでしょう？　お二人は別の場所にいたようですが、我々の持たない情報をご存知《ぞんじ》ではありませんかな？」

レンは首を横に振った。なにが起きているのか。正確なところは、彼にもわからないままだ。だが、ひとつだけ、確かなことがあった。

「俺にも、なにがなんだか。だが、わかっていることもある」

「それはなにか？」

「ここにいたら、みんなが危険だっていうことだ」

レンは言う。そのとおりだとアンネもうなずいた。彼女はこれを『戦争』と呼んだ。おそらく、敵の数はそれほどに多い。そして、『小鳩』の面々はほぼ抵抗力を持たないのだ。

このままでは、全員が危険だった。

「とにかく、早く移動したほうがいい……でも、結界が張られているから、外には出られないな……せめて、隠れる場所を探さないと」

「ちょっと待って。ソニア、ユーゴを治してあげて」

「合点承知」

ベネの言葉に、赤毛の女子生徒がうなずいた。

肩に怪我をした男子に、彼女は治療魔術をかける。その間も、ディレイとアマリリサは防御魔法を展開し続けた。無事、処置は終わる。

「いいね……注意しつつ、行こうか」

先頭に立ち、アンネがうなずいた。レンたちは動くことに決める。

物語を、アマリリサは唱えた。

「『水から氷の腕が伸びた。怪物を絞めよ。そう、命じる彼の意に従って』」

「ギャウンッ！」

凍りつかせていた獣たちに、彼女はトドメを刺す。

そして、全員が教室から出ようとした。

その時だ。

「下がって！」

鋭く、アンネが叫んだ。

レンたちは言葉に従う。

同時に、彼らのいた場所に無数の針が突き刺さった。

なにかと、レンは顔をあげる。そこで、彼はぐっと息を呑《の》んだ。

目の前には、新たな侵入者がいた。

派手な金髪の女と、たくましい筋肉を持つ男だ。両者ともに、首筋には入れ墨が刻まれている。女のほうはドレスから巨大な胸をはみださせており、男のほうはほぼ半裸だった。よく似た二人は、嫌な笑みを浮かべる。慣れ親しんだ様子で、彼女たちは会話を交わした。

「あらあ、弱い匂いがするねぇ。いいじゃない、いいじゃない。か弱い羊を嬲《なぶ》ることほど、楽しいことはこの世にはないよ」

「同感だな」

レンは敵をにらみつける。すでに、二人ともが本を手にしていた。

（まちがいない。魔術師だ）

しかも、圧でそうとうな手練《てだ》れとわかる。

先ほどの男以上の貫録を侵入者たちはそなえていた。『小鳩』所属の生徒など本来ならば嬲り殺されて終わりだろう。だが、レンには勝算があった。最低で最悪な災厄以降――伝説の修復師ユグロ・レーリヤに救われてから、彼は魔術による対人戦ならば負けなしだ。

最弱にして不敗の異能使い。

それがユグロ・レンだった。

だが、その事実を知る者は少ない。レンの持つ異能は、多くの者に見られるわけにはいかないものだった。学園側から問題視されれば、後には最悪解剖措置が待つだろう。だが、

(しかたがない。みんなを守るためだ)

「……少年」

心配そうなアンネの声を背に、レンは前にでた。重々しい声で、彼はささやく。

「――――開示」

レンのとなりに本棚が出現した。中にあるただ一冊――ボロボロの白紙の本を、彼は取りだす。息を深く吸って、吐いて、レンは目を開いた。

そして、彼が異能をさらす覚悟を固めたときだった。

入り口から、誰かが走りこんできた。ドンガラガッシャンッと、影は机にぶつかる。

無様に咳《せき》をくりかえしながら、『彼』は言った。

「ぜは……ごほっ……みな、さん……ひーっ、……無事、ですか……ごほっ、おぇっ」

「先生!?」

『小鳩』担当の、落ちこぼれ教師。

アマギスがそこには立っていた。

＊＊＊

「学園の大魔法使いたちは、この事態を前にしても動かないそうなんですよね」

息が落ち着いたとたん、アマギスは最悪の知らせを告げた。

それを聞き、レンは舌打ちした。だが、半ば予想できていたことでもある。そもそも、大魔法使いたちは絶対的強者だ。彼らの手にかかれば学園は『侵入不可能』のはずだった。

それなのに、敵は学園内に存在している。

つまり、大魔法使いたちは不関与を貫いているのだ。

学園は徹底した実力主義だった。おそらく、今回も解決を生徒にまかせるつもりなのだろう。その結果、弱者が死んだところで、彼らは省みることすらしないのだ。

アマギスは立派な髭《ひげ》をいじった。ブツブツと、彼は残酷な事実に異を唱える。

「学園は物語によって起きた事件を生徒に解決させるのもしょっちゅうです。前から言っていますけど、先生、そういうのほんっと、どうかと思うんですよね。だから、慌てて、みなさんのもとへ来たんですけどね……」

「えっと、先生？　お気持ちは嬉《うれ》しいですが、ここは危ないですよ」

レンはそう声をかけた。以前、彼は考えたことがある。

学園の教師でも『アマギスくらいになら』勝てるのではないかと。

それだけ、アマギスのうだつはあがらなかった。今もそうだ。彼は現状の危険性を把握
しているのか、いまいち怪しい。レンが矢面に立ったほうが、まだマシというものだろう。

だが、アマギスは聞いてはいなかった。

「そもそも、『小鳩』だけはちょっと事情が特殊なんですよね。知ってましたか諸君？

『小鳩』は最弱だからこそ、学園の有事のさいに教師が放置してはいけない、唯一のクラ
スとされているんですよ。だから、『小鳩』の担任は大変だって……」

「あの、先生」

「私は二百五十年くらい言い続けてるんですよね」

今、理解不能なひと言が聞こえた。

二百五十年。

通常、人間に生きられる長さではない。

いったい、アマギスはなにを言っているのか。

そう、レンたちが疑問に囚《とら》われたときだった。

「ちょっとぉ。いつまでわけのわかんない話をしてるのよ！」

ついに痺《しび》れを切らしたらしい。侵入者の女のほうが、殺意も露《あら》わに声をあげた。逆を言えば、今までよく待っていてくれたともいえる。新たな侵入者の二人は、場の空気を重んじるタイプらしい。だが、いいかげんに腹が立ったようだ。豊満な胸を揺らし、女は嗤《わら》う。

「アンタもどうせ、弱い羊でしょ。ジイさん。さっさと」

「黙れ、小娘。私は大切な生徒たちと話をしているのだ」

みしっと、空気が軋《きし》んだ。

なにもかもが、凍りつく。

知らず、レンは唾を呑みこんだ。

緊張にひりつく空気の中、アマギスだけが動いていた。ぷつっと、彼は髭の枝毛を抜く。

「授業の延長だ。静かにしてもらおう」

「な、なに……なによ、コイツ！」

一歩下がりながら、女はうわずった声をだす。カツンと、高いヒールが硬い音をたてた。その前で、ふたたび、アマギスはぷつっと枝毛を抜いた。落ち着いた声で、彼は続ける。

「『小鳩』は金の卵。みなさんは落ちこぼれではない。つまり、みなさんの担任の私も落ちこぼれではない」

それは、アマギスがキレるたびにくりかえしていたことだ。

だが、今まで誰一人として、まじめに耳をかたむけることはしなかった。だって、とうぜんだろう。『鳥の王』の暴走時も、アマギスはたいした活躍などしなかったではないか。

そう思い返しながらも、レンは考えた。

（かつて、俺も危惧したことがある。『無限図書館』の教師である以上、アマギスもなにか隠し玉を持っている可能性はある、と）

「『小鳩』の担任を任せられる条件はふたつ、だ。通常の所有本の数が、他教師よりも少ないこと。そして、最弱の『小鳩』たちが真に命の危険にさらされたとき用の――『とっておき』を持つこと」

アマギスの低い声が響く。

実力者だからこそ、異様な圧を感じとったのだろう。『小鳩』の面々がきょとんとする中、首筋に入れ墨のある男女はガタガタと震えだした。アンネとアマリリサも息をつめる。

本能的な恐怖に押されてか、侵入者たちは本を開いた。そしてほぼ同時に詠唱をつむぐ。

「『彼女は出迎えた。【花の王】を。その笑みと、その歌で讃《たた》え、愛し、歓待した』」

「『業火よ！　男は叫んだ。太鼓を打ち鳴らし、正しく、古くからの脅威を認めた』」

両方ともに強力な物語だ。巨大な漆黒の花が、芳香を放ちながら咲く。アマギスに向けて、【花の王】が棘《とげ》つきの蔓《つる》を放った。さらに、業火の壁が左右から迫る。

両者の動きは、連携がとれていた。

前方にも横手にも、逃げ道はない。

だが、アマギスは慌てなかった。静かに、彼は胸元から一冊の本をだす。

本棚にしまうことなく、彼はそれを常に具現化させていたらしい。


そして、アマギスは物語を読んだ。

「『五十年に一度。真摯な祈りにより現れる、岩の巨人よ――目覚めの時、来たり』」


蔓が引きちぎられた。

業火が打ち払われる。


教室が震えた。

気がつけば、レンたちの前には、体を不自由に折り曲げた巨大なゴーレムがいた。いかつい全身は基本的に岩でできている。だが、顔面のひび割れからは、材質不明の鉱物が覗《のぞ》いていた。鋼色が鈍く輝いている。見るからにそれは濃厚な魔力をたくわえており、硬そうだった。同時になぜか脈動もしている。レンの見たことも聞いたこともない物質だった。

ゴーレムは、とほうもない圧を放っている。あきらかに、ただの召喚獣とは次元の異なる存在だ。金の目を光らせて、ソレは旧《ふる》い岩肌をこすれさせる。

レンは冷や汗を流した。感心したように、アンネはつぶやく。

「膨大な時間制約という条件つきでの、永劫《えいごう》属性の最高作成術――別名、召喚か……禁書ならば勝てるだろうけれどもね。まともな呪文じゃ、相手にならないじゃないか」

こくこくと、レンはうなずいた。ゴーレムを前に、彼は痛感する。

(俺は、力量の計り方をまちがえていた)

やはり、アマギスは隠し玉を持っていたのだ。

誰一人として学園の教師は馬鹿にはできない。

ゴーレムを撫《な》でた後、アマギスは男女を指さした。張りのある声で、彼は堂々と命じる。

「『壊せ！』」

ゴーレムは指を動かした。ぴんっと、ソレは男女を弾《はじ》く。

派手に、二人は吹っ飛ばされた。ボールのごとく、彼らは天井に激突する。

そのまま、『落ちてこない』。

パラパラと砂だけが降った。

恐る恐る、レンたちは頭上を見あげた。天井にはただ血まみれの穴が開いている。シュールな内容の絵本に出てくるような光景だ。それを前にレンたちはあんぐりと口を開ける。

数秒の沈黙を挟み、アマギスは本を閉じた。のんびりと、彼は髭をいじる。

ぷつんと、アマギスは枝毛を抜いた。


「大丈夫でしたか、みなさん？」


そこにいるのは『小鳩《こばと》』の担任。

岩の巨人を持つ絶対的な守護者。

まぎれもなく、この戦争における、将の一人だった。

TIPS.2

小鳩の担任

『小鳩』の担任になる条件は以下の二つ。

1.通常の所有本の数が、他教師より少ないこと。

2.最弱の『小鳩』たちを緊急時に守るための『切り札』を持つこと。

1と2を兼ね備える教師が不在の場合、

例外的に2のみを持つ教師が担任にあてられる。

だが、その教師が真に優れた人材の場合は

【大鴉】の担当へ回し、

【小鳩】には、適当な人材をあてることとする。

真に優れた魔術師ならば多くの所有本を持つことが

普通である。また、絶対的な『切り札』は希少本にあたるため、

所有者は少ない。この両方の条件を兼ね備える

人員は少なく、結果的に、アマギスは二百五十年、

担任を続けるはめとなった。

The Forbidden Girl of Grimoire Academy

TIPS.3

【王】シリーズ

【花の王】、【鳥の王】、【魚の王】など、複数種が存在する。

永続属性の中でも『無から一を生み出すもの』の、
代表にあたる魔術。それぞれ鳥×砂と火、魚×水と泡、など、
単なる動物ではなく、複数属性の掛け合わせでもあり、
強力な力を誇る。だが、安定性には欠け、
通常、数十分・長くても数時間で消滅する。

また、長時間詠唱の上での完全なコントロールは
術師自身にも難しい。それでも一度詠唱すれば
自発的に攻撃を続ける存在は武力として秀でており、
【王】シリーズを持つ魔術師は、総じて優秀といえる。

第四章　戦いの始まりと仲間たち

アマギスのおかげで、『小鳩』の安全は確保された。

彼も言っていたとおりだ。生徒の救出に学園の人員が動くのは例外中の例外だろう。他の教師陣はおそらく傍観に徹するものと予想された。

つまり、この教室は学内でも防備の尽くされている場所と呼べるようになったのだ。

その事実に、レンは胸を撫でおろした。

(『小鳩』のみんなのことが、一番心配だったものな)

「先生、凄《すご》い！」

「こんなにも強いなんて、全然思わなかった！」

「くるんとしたお髭《ひげ》が、マジですてきに見える」

「いや、そんな、それほどでもありますよ、ハッハッハッ」

今、『小鳩』の面々に囲まれて、アマギスは上機嫌だ。ゴーレムの膝のうえに座りながら、彼はにこにこと笑っている。なごやかなのか、物騒なのか、よくわからない図だ。

その様を眺めながら、レンは腕を組んだ。

（さて、……これから俺はどうするべきかな）

アマギスのゴーレムは、『鳥の王』などとは異なり、召喚後、長く消えないらしい。

ここにい続ければ、一定の安全性は確保されるだろう。

（だが、逆を言えば――『それだけ』だ）

アマギスには『小鳩』を守るという使命がある。だからこそ彼に事態解決のための兵士としての働きは期待できなかった。そして食糧や水、排せつや睡眠の問題を考えれば永遠に籠城を続けることは不可能だ。限界がくるまでに事態は打開されなければならなかった。

その方法はひとつだけだ。

誰かが戦うしかない。

すでに生徒会は動いていることだろう。『大鴉《おおがらす》』や上級生の特級クラス――『黒鴉』も、おそらくは戦力として数えることができた。彼らは強い。活躍には、十分な期待ができる。

だが、誰かに任せて、ただ『待ち』を貫く姿勢は、レンの性分には合わなかった。

（しょせん、俺の本質は空っぽの人形にすぎない）

なればこそ、他の人々の命を大事にしたかった。

レンは覚悟を決める。だが、ひとつだけ気になるところがあった。アンネのほうに彼は視線を向ける。とうぜんのごとく、彼女はお茶目《ちゃめ》に片目をつむった。アンネは口を動かす。

『おなじことをかんがえていたよ。わたしたちはいっしょさ。しょうねん』

レンはうなずきを返した。花のように、アンネはほほ笑む。

まっすぐに、レンは手をあげた。

「先生」

「なんですか、レン君」

「俺は……いえ、俺とアンネは」

アンネの表情を見て、レンは言葉をすり替えた。やはり彼女はついてきてくれるらしい。それどころか、レンが言いださなければ、アンネが話を切りだしていたことだろう。その事実が嬉しく、頼もしく、相棒として誇らしくもあった。どうせ、彼自身の本質は虚《うつ》ろだ。

だが、共にきてくれる人がいる。

ならば恐れることはなにもない。

息を吸いこんで、レンは告げた。

「結界の発生装置を、壊しに行ってきます」

＊＊＊

万物はみながみな、壊れる。

魔道具とて、例外ではない。

結界は三本の柱によって造りだされ、維持されていた。だが、永劫《えいごう》属性により作成された魔道具は、例外なく脆弱性《ぜいじゃくせい》を孕《はら》んでいる。あれだけ巨大な魔道具ならば、なおさらだ。破壊は可能だろう。

また、その根元には、おそらく魔力を供給する強力な術師が控えていた。それを倒しさえすれば、自然崩壊すらも期待ができる。問題はただひとつ、戦いを避けられないことだ。

それでも、誰かがやらなくてはならなかった。

（俺とアンネが、学内では最も適任だろう）

異能の術師と禁書少女。

この二人が動くべきだ。

あとは、アマギスがなんと言うかだが――――。

「いいと思いますよ。いってらっしゃい」

「ノリが軽い！」

「先生、生徒の自主性は重んじるタイプなんですよね」

「それにしても……」

「『真の魔術師は実力を隠すものであり、表向きの本棚だけでは計れない』」

おそらく、教科書の一文だろう。アマギスは流れるように言った。

皺《しわ》の目だつ顔で、老教師はレンたちを見る。真剣に、彼は語った。

「私が『小鳩』は金の卵である、と言い続けるのはこのためです。教師として君たちの実力を把握しきれているなどと、私はうぬぼれてはいません。できると思うのならば、挑戦しなさい。けれども、危なくなったらすぐに逃げてくるんですよ」

「……アマギス先生」

「先生、ちゃんとここで待ってますからね」

絶対に助けますと、アマギスは言いきる。

自然と、レンは背筋をただした。アンネも隣に並ぶ。真剣なまなざしを、彼女はアマギスに注いだ。アンネの顔には、生徒のために動く魔術師に対する尊敬の念が浮かんでいる。

そろった動きで、二人は頭を下げた。

「ありがとうございます！」

「みなのことよろしくお願いします」

「頼まれました。死守しましょう」

穏やかに、教師は応えた。

だが、『小鳩《こばと》』の面々はざわついた。男子も女子も、全員が困惑を浮かべる。いくつもの視線が、レンとアンネの間をすばやく行き来した。やがて二人の決意を理解したらしい。

数秒後、みなはどっと口を開いた。

「レンとアンネが、外に？」

「いやいやいや、無理だろ」

「死ぬって。やめときなよ」

「心中なんて流行《はや》らんぞ。いきなり、世を儚《はかな》むな」

「違うって……ああ、もう、めんどくさいな、おまえら！」

「あっ、アレはなんだろうね!?」

不意に、アンネが声をあげた。彼女は天井の穴を指さす。全員が思わずそちらに視線を向けた。『小鳩』の面々はかくも素直だ。同時に、アンネはがしっとレンの手をつかんだ。

「行くよ、少年！」

「……自分のクラスながら素直さに不安になるな」

「それも『小鳩』のいいところさ！　行くよっ！」

「ああ！」

すかさず、レンは床を蹴った。ふたたび制止の声がかかる前に、二人は走る。

レンとアンネは廊下に飛びだした。しばらく、二人は足を進める。


やがて、『小鳩』の教室からは無事に離れた。


レンは立ち止まる。さすがに危険を冒してまで、外に追ってくるものはいない。

背筋を伸ばし、彼は口を開いた。

「ふう、出てこられた。あとは、柱を目指すだけだな」

「そうさねー」

「くっひっひっ、ゾクゾクしてきましたぞぉ」

「がんばりましょうね、旦那様」

「待て。聞こえたらいけない声が三連で聞こえた」

慌てて、レンは振り向く。

そこではアンネが肩をすくめていた。美しい顔には、しかたがないとでも言いたげな表情が浮かんでいる。諦念をにじませながら、アンネはささやいた。

「まあ、私にはね、予想ができていたとも。うん、こうなるよね」

彼女の隣に並ぶ三人に、レンは視線を移した。


ベネ・クラン。

ディレイ・デンリース。

アマリリサ・フィークランド。


とうぜんのごとく、いつもの面々はついてきたのだった。

＊＊＊

「危ない場所へ、二人だけを行かせるわけにはいかないさね！　追いつけてよかったぁ。よーしっ、ベネさんもいっしょにがんばるよ！」

「学園を友とともに救う……うーん、血湧き肉躍るひびきですなぁ。くっひっひ。これは、薄い自伝が分厚くなりますぞぉ！」

「婚約者をただ見送るようでは、フィークランドの名折れ……戦う花嫁として、妻として、私はとなりに並ぶつもりでおりますよ、旦那様」

「……みんな」

笑顔の三人を前に、レンは一度目を閉じた。ゆっくりと、彼は片手をあげる。

『小鳩』の教室のほうを指し、レンは続けた。

「帰って」

「この展開で、その言葉がでるぅ⁉」

「レン氏ー、空気が読めてないですぞぉ」

「旦那様！　そんなご無体な！」

「だから、遊びじゃないんだ。本当に危険だから……」

「危険なことはわかってるさね」

ペタリと、ベネは獣耳を倒した。彼女の声には、ちゃんと事態を理解している緊張と恐怖が覗《のぞ》いている。レンは理解した。『それでも』、ベネはここにいるのだ。

彼女のとなりで、ディレイは深々とうなずいた。己の胸元に、彼は掌《てのひら》を押し当てる。

「理解はしているのですよ。足手まといであろうこともね……『白の竜』より助けられたときからうすうす感じてはおりました……レン氏は私の知るよりもずっと強者である、と。アンネ氏もですっ……それでも、ですぞ」

「旦那様……レンさんも、アンネさんも、私たちの大切な人です。私だけじゃない。みなさんが、お二人のことをとても大切に思っているんです。それに強さだけじゃなく、数が必要になる局面もあると思います」

「……みんな」

先ほどと同じ言葉を、レンは違う口調でつむいだ。

ぴんっと、ベネが耳を立てる。元気に、彼女は飛び跳ねた。

「安心して！　最低限、自分の身は自分で守るさね！　それで、レンとアンアンをきっと助けてみせるからね！　なんたって、ベネさんは足が速くて力持ちだい！」

「なんらかの役には立ちましょうぞ。いや、必ず立つつもりです。その覚悟で、我らはここまで来ております」

「私は歴代最高得点の入学者。そして、フィークランドの娘。ベネさんとディレイさんを守り、お二人のお役に立ちます。後悔はさせません」

口々に三人は言う。

レンは迷った。彼らの気持ちは嬉《うれ》しい。だが、大事な友人たちだからこそ、やはり巻きこむわけにはいかなかった。深刻な怪我《けが》を負わせてしまったり、万が一、命にかかわるような目にあわせては、立ち直れなくなる。

そう、レンがかたくなに断ろうとしたときだ。

ぽんっと、左肩に手が置かれた。

見れば、アンネだ。銀髪を揺らし、彼女は首を横に振る。

「少年、もう観念したまえ。今、君が断わったところで、彼らはこっそりついてくるよ」

「……しかし、」

「これも、君の人徳が得たものだ。それは重く、優しい――――振り払うべきではないものだよ。みんなと一緒に行こう」

アンネはほほ笑んだ。やはり、彼女は眩《まぶ》しいものを、決して触れないものを見るような表現を浮かべる。まるで、孤独に、アンネ一人だけが別の場所へと立っているかのようだ。

遠いものへ向けるまなざしへ、レンはなにかを言おうとした。

だが、その前に、ベネが跳んだ。彼女はアンネに抱き着く。おや、とアンネは大きく目を見開いた。その細い首に、ベネは両腕を回す。思いっきり、彼女はアンネにくっついた。

「アンアンのことだって、私は大事なんだからねーっ！」

「おや、ベネベネ。私は恋敵じゃないのかい？」

「ライバルだからこそ芽生える友情もあるのだーっ！　ぎゅーっ！」

勢いよく、ベネはアンネに頬《ほお》ずりをする。白いふたつのほっぺたが、もちもちと触れあった。ベネはふにゃふにゃの笑顔だ。優しく、アンネもほほ笑む。

戯れる二人の様子を眺めて、ディレイはしみじみとうなずいた。

「敵対心を持ちながらも、それ以上の友情をはぐくむ美少女たち……いいものですなぁ。この瞬間を絵にとどめて、国宝とするべきでしょう」

「率直に言って死んで」

「ベネ氏のお望みとあれば」

「えっ、ディレイさん、死ぬんですか？」

ベネがつっこみ、ディレイが礼をし、アマリリサが目を丸くする。

いつもどおりの大騒ぎがくりひろげられた。

それを聞きながら、レンは思った。

（状況は最悪で、事態には俺の仇《かたき》が絡んでいるらしくて、外には逃げられなくて、戦争で――それでも、）

ここにはみんながいる。

それが心強く、温かい。

（空っぽな人形の俺には、すぎた幸せだ）

「少年」

優しく、アンネが囁《ささや》いた。いつの間にか、彼女はベネの抱擁から脱出している。レンの前にアンネは立った。ぴんっと、彼女は彼の額を弾《はじ》く。なるほど、デコピンとはけっこう痛いものだなと、レンは学んだ。その顔を覗きこんで、アンネは考えを読んだように言う。

「君は、人間だよ」

私にはいつか、君と出会わないほうがよかったと思う日が来るのかもしれないね。

かつて聞いた言葉が、レンの耳奥に蘇《よみがえ》った。

思わず、彼は目を見開いた。

『禁書使い』、リシェルとの戦いが終わったあと、凄惨に破かれたようなドレス姿で、彼女はそう告げたのだ。だが、あの時も——そして今もその意味を聞くことはできなかった。

アンネはベネたちへ視線を移している。美しい横顔に浮かぶ笑みは悲しい。

そして、言葉を拒んでいた。

「そもそもディレイ、毎回死ぬって言うけど死んだことないじゃん」
「実は私は三人目ですから」
「えっ、ディレイさんって、ディレイさん三号だったんですか？」

大騒ぎは続く。

アンネは優しい目をしている。
なにも、レンは言えなかった。
ただ、アンネの細い背中を、
抱きしめたいと一瞬思った。

魔導書学園の
禁書少女2

第五章　一つめの塔―快楽殺人鬼

まず、レンたちは柱の位置を確かめた。

轟音《ごうおん》を聞いたときの情報を突きあわせて、大体の位置を推測する。

「……それじゃあ、まずはここに行くか」

「ああ、異存はないよ」

「うん、声はそこから聞こえたしね！」

「くいひっひ、始まりにふさわしい場所ですなぁ」

「……緊張しますね」

そして、五人は学園の入り口近くの一本へ最初に向かうことにした。

おそらく、そこには拡声器を手に持った『あの少女』がいる。

彼女は革命の宣言者だ。

ならば、その口からなんらかの情報が得られる可能性は高いだろう。また、少女こそがこの事態を引き起こした主犯である——とも、派手な言動からは推測をすることができた。

だが、レンたちの期待は早々に否定された。

他でもない、少女本人によって。

＊＊＊

『んんんんん、ざんねえええええええええええええええええええええええっん！』

「……はあっ？」

『きっと情報を求めて、まっさきにこの柱に来たんでしょー？　ダメだなー。ダメダメダメダメだなー！　こんな派手なのは陽動だと思わなきゃぁ！　私はなにも知りませーん。モブ雑魚でーす！　お帰りくださあああああああああああああい！』

キィンッと、拡声器が鳴る。

レンは耳を押さえた。近くにいるというのに少女は拡声器でしゃべることを止《や》めなかった。さらに、前よりもテンションがあがっている気がする。うるさいこと、このうえない。

鼓膜に痛みを覚えながらも、レンはアンネに話しかけた。

「おい、アイツ、なにも知らないって言ってるぞ」

「まあ、そうだろうね。革命、とは組織だった行動だ。そのわりに目立つ言動をしすぎていたから、逆にそうじゃないかとは思っていたよ」

「わかってたのかよ」

「うん、でも、敵の主力を計るには、いい相手だと思ってね。私たちの戦い方は、『正道』じゃない。一番手から、本命にぶつかりたくはなかったんだ」

アンネは言う。一理あると、レンはうなずいた。あらためて、彼は少女のほうを向く。

フリルだらけの奇妙な姿で、少女はふたたび拡声器を構えた。

『みなさあああああああああああああん、元気ですかあああああああああああああ』

「やかましい」

「げ、元気です」

「アマリリサは応えなくていいから」

『まあ、せっかく来てくれてええええええ、暇してた私ちゃんは嬉しいんで自己紹介！私ちゃんはグレイ・ドードーだよーっ！　特別にドードーと呼ばせてあげまっしょい！』

「ドーちゃんだね」

「ベネはあだ名をつけない」

二人のボケに、レンはいちいちツッコミを入れる。えーっと、ベネは獣耳をぺたんこにした。彼女から視線を逸《そ》らして、レンはドードーに向き直る。少し考え、彼は口を開いた。

「ドードー。主犯でないとはいえ、なにも知らないってことはないはずだ。なぜ、おまえたちは禁書の持ち主を……」

『開示いいいいいいいいいいいいいいいいいいいいいいいいいいいいいい！』

「おい」

「いやー、話を聞く気がない美少女ですなぁ」

ディレイは己の顎をなでた。いちいち美少女と言うなと、レンは口にはだせなかった。

そんな余裕などない。

あたりに、ドードーの本棚が展開される。そこには百冊を超える蔵書が収まっていた。

予想どおりの『図書館持ち』だ。

問題は、その数が、名家フィークランド出身のアマリリサよりも多いことだった。

（――――コイツ）

これだけでもわかる。

グレイ・ドードーは決して雑魚ではない。

レンの緊張をよそに、ドードーのほうはどこまでもふざけていた。腰をしならせて、彼女は膝頭に手を当てる。かっこうをつけて投げキスをすると、ドードーは片目をつむった。

『戦う二人にいいいいいいいいいいいいい、言葉は不要、無粋、必要なし！　さあ、いざ華麗に、過激に、魔術戦を始めよおおおおおおおおおおおおおおおおう！』

指で、彼女は拳銃を形作る。バキュンッと、ドードーは撃つまねをした。そのまま、彼女は待つ。誰かが前にでなければならない。レンはアンネと視線をあわせた。彼女は言う。

「少年、悪いね」

「ああ、わかってる。そのための俺だ」

さすがに、ベネたちの前でアンネは禁書を使えない。

だが、二人は互いに承知している。

そのための相棒だ。

堂々とレンは進みでた。

小さく、彼はつぶやく。

「――――開示」


中には一冊しかない貧相な本棚が現れる。

そして、レンは白紙の本をつかみだした。

＊＊＊

「『涙の話をしよう』」

拡声器を投げ捨て、ドードーは語り始めた。タッタッと、彼女は踊るように地面を蹴る。装飾過多なフリルが揺れた。ドードーはレンのほうへ進んでくる。酔ったように左右にブレてはいるものの、その足どりには規則性があった。

それを見いだして、レンは思った。

（魔術に、肉弾戦もからめるタイプか）

同時に安堵《あんど》する。ドードーの魔術はレンの苦手とする永劫《えいごう》属性や変身属性ではない。

ならば、必ず勝つ。

だが、その確信を打ち破るように状況は動いた。

とつぜん、ドードーは異様な動きを見せたのだ。タッと地面を強く蹴り、彼女は獣のように身をかがめた。ふわりとその髪が浮きあがる。移動速度を、ドードーは瞬時にあげた。

思わず、レンは唇を噛《か》んだ。

（はやっ、）

「レン！」

悲鳴のごとく、ベネが声をあげた。動体視力がいいぶん、彼女は危機感を覚えたのだろう。だが、片手をあげて、アンネがそれを制した。落ち着いた声で、彼女は告げる。

「ベネベネ、少年の緊張を削《そ》いでは駄目だ。今は、敵の攻撃をよく見るべきときだよ」

「っ、と」

アンネの言葉のとおりに、レンは集中する。半歩後ろへ下がり、彼は背中を反らせた。

銀光が、間近を通りすぎる。

ドードーが袖から滑り落としたナイフを振るったのだ。的確に、彼女の一撃は首の動脈を狙っていた。また、激しく動きながらも、休むことなく、ドードーは詠唱を続けている。

「『これは涙の物語である。つまりは流れる水の歌である。童女の悲しみはしとしとと集まり、やがて海となった。それは乾いた地を癒《いや》したか。否――』」

（長い……なるほどな）

次々とくりだされる刺突を避《よ》けながら、レンは納得した。

ドードーの意図は明白だ。

長ければ長いほど、物語は力を増す。

通常、魔術師は短い詠唱の応酬をする。だが、ドードーはナイフで相手の動きを止めることで物語を長くつむぎ、一撃で決着させるタイプのようだ。また、物語を語りきれなくとも問題はなかった。肉弾戦に弱い魔術師は多い。ナイフで仕留められれば結果は同じだ。


避けきれなければナイフで。

避けきられても物語魔術で。


必ず、殺す。


それが、グレイ・ドードーの戦いかただった。

「『降り積もった砂を、涙は流した。奔流は泥となり、人々の家を沈めた。少女は泣いた。己の悲しみの結果に。だが、決して、その罪を悔いはしなかった』」

ドードーの詠唱は終わった。だが、なにも起きない。

強烈な違和感を覚えたようだ。彼女は首をかしげる。

「……ありゃ？」

「……悪い、な」

レンはつぶやく。刃《やいば》の猛攻により、その頬《ほお》はうっすらと切れていた。だが、それだけだ。

哀れむようにドードーを見下ろし、レンは告げた。

「おまえは、俺の相手としては『最高』だ」

ナイフはユグロ・レーリヤの愛用武器だ。

彼女のもとで、レンは実戦経験を積まされている。接近戦への対処は可能だった。

そして、なによりも、レンの異能と彼女の戦闘方法は相性が嚙みあいすぎていた。

一撃必殺の物語を、彼はより増幅して返すことができる。

「もらったぞ」

レンの白紙の本に歪《ゆが》んだ文字が浮かんだ。

ドードーの物語を受け、改変した文章が刻まれる。これこそがレンの異能だった。彼は己の物語を持たない代わりに、相手のものを改変、増幅のうえで、返すことができるのだ。

おちついた声で、彼はそれを読みあげた。

「『これは涙の伝説である。つまりは流れる水の壮大な楽曲だ。童女の悲しみは奔流をつむぎ、やがて海をなした。それはひび割れた地を癒したか。否、否、断じて否――――』」

「……おまえ、その物語は私ちゃんの⁉」

「『高く塔を造る砂を、涙は押し崩した。泥は津波となり、世界を呑《の》んだ。少女は嗤《わら》った。己の悲しみの結果に』」

なにか、恐ろしいことが起きようとしていると察したらしい。

獣じみた予測力で、ドードーは動いた。新たなナイフを落とすと彼女は逆手につかんだ。詠唱に集中するレンを、ドードーは切り裂こうとする。だが、その腕は横からつかまれた。

「っ！」

「させはしないよ。少年の異能は知っている。ならば、これこそが私の役割だ」

アンネだった。一瞬だけでも、彼女は手でドードーを拘束する。

レンは目で、アンネにうなずいた。そして、物語をしめくくる。

「『死を目にする最期まで、彼女は大罪を悔いはしなかった』」

改変された物語は、威力を増す。

それをレンはドードーへ還《かえ》した。

タイミングを読んで、アンネは彼女を突き放した。

とたん、なにもなかった虚空に渦が生じた。青色の晴れた海の輝きを持つ水が、ドードーの足元の地面を削りながら伸びあがる。渦は泥色に濁りながら、ドードーを飲みこんだ。

彼女の気道は、粘つく水で塞がれる。

「げっ、はっ、ごぼっ」

立ったまま、ドードーは溺れた。息の泡が、何個も何個も、渦の中へと吐きだされる。

逃れようと、彼女はもがいた。だが、水の流れはどこまでも、ドードーを追って動く。

ぐるりと、目玉がひっくりかえった。

ゆるりと、手足が弛緩《しかん》する。

ぞんぶんに蹂躙《じゅうりん》を終えると、渦は一気に崩れた。

中から、ドードーが現れる。バシャッと音を立てて、彼女は倒れた。

どうやら気を失ったようだ。

もう、ドードーは動かない。

満足げにアンネはささやいた。

「さすがは、私の相棒、だね！」

これこそ、ユグロ・レン。

異能の術師の実力だった。

TIPS.4

拡声器・拳銃

≪拡声器≫

永続属性の魔術を使い、『一に変化を促して固定したもの』。

風属性の魔術と組み合わせて作製するが、完成難易度自体は低い。

そのため広く普及した技術であり、

『無限図書館』の学園祭などでも当然用いられる。

ドードーの拡声器には、彼女の趣味で独自改良が加えられている。

すなわち、とてもうるさい。

≪拳銃≫

拳銃は開発自体はされている。

だが、この世界では魔術による武力が絶対とされているため、

普及には至っていない。普及させようとする技術者・勢力はいたが、

全員大魔法使いに潰されている。

そのため、ほぼ過去の遺物。

ドードーは幼少期に観た舞台で小道具として使用されて

いたことから、拳銃に憧れを持っている。

魔導書学園の
禁書少女2

「ほっへー、気づかれずに動いたアンネもさすがだったけど……なによりもレンって実は強かったんさね。ワタシ、スゴイ人に、惚《ほ》れてタンダネ」

「なんで、びっみょうにカタコトなんだ、ベネ」

「くっくっく……しかし、私は知っておりますぞぉ。レン氏の真の実力は、こんなものではないのですなぁ！」

「おまえは俺のなにを知ってるんだ、ディレイ」

「なつかしい……私もこのようにして、レンさんに負けたんですね……きゃっ、恥ずかしい。甘酸っぱい記憶です！」

「なんでいい思い出にしてるんだ、アマリリサ」

次々と、レンはツッコミをこなす。我ながら器用だなと、彼は思った。

その間にも、ドードーがもぞりと動きだした。水浸しのフリルが小さく揺れる。

「ウッ……あっ……」

どうやら、彼女は目を覚ましたらしい。だが、逃げられる心配はなかった。

アマリリサによる拘束属性の鎖でドードーの体は固く縛りあげてある。魔術による捕縛は卓越した術師には無効化されやすいものだ。だが、弱っている今ならば問題ないだろう。

ぶるぶると、ドードーは顔を振った。ぱちぱちと、彼女はまばたきをする。

その前に、レンはかがんだ。ドードーの顔を覗《のぞ》きこんで、彼は問いかける。

「水と泥は吐かせたけど、大丈夫か？　息できるか？」

「ま、まさか……私ちゃんに、キッスで人工呼吸を？」

「いいや、思いっきり腹を殴った」

「ぐえー、ロマンがないいいいいいいいいいい」

びったん、びったんと、ドードーは暴れた。服に染みこんだ、泥と水が飛び散る。

エビかいと、アンネはつぶやいた。その前でおいおいと、ドードーは泣き始める。

「快楽殺人に走って五年。やっと、私ちゃんにふさわしい、めっちゃつよつよな夫ちゃんを見つけたのにぃいいいいいいいいいいいいいいいいいいいいいいいいいいいいいいいい」

「はぁっ、夫？」

「というわけで、君。結婚しよう、でへへ。あっ、ちなみに本気っす。余裕で本命っす」

満面の笑みで、ドードーは言った。チューッと、彼女はキスをするように唇をとがらせる。露骨な行動のわりに、その頬は初々しく色づいていた。どうやら冗談ではないようだ。

瞬間、沈黙を挟み、
女性陣が爆発した。

「また増えたーっ！　まぁた増えた！　しかも、今回はめちゃくちゃ変なのが増えたさね！　なにさ、もー、レン、人に惚れられるの禁止ーっ！」

「婚約者は私です！　人の旦那様に結婚を申しこむなど言語道断！　淑女の風上にも置けません、自重なさい！　言っておきますが古きよき妻ですが愛人も認めませんからね！」

「いや、私は一人、正妻の余裕を発揮しようかな。悪いが、少年と私は秘密を共有しながら、あんなことやこんなこともしている仲なのでね……イターッ！」

「おまえだけ、判定に引っかかりました」

アンネの頭に、レンはチョップを入れる。私だけひどいよーっと、アンネは涙目で訴えた。その間にも、ベネとアマリリサは騒いでいる。ドードーは、チューッを続けていた。

げっそりと、レンはつぶやく。

「……どうしてこうなるんだ」

「ンッンー、死ねば楽になれますぞぉ！」

「おまえも殺意を露《あら》わにするのはやめろ。モテたくてモテてるわけじゃない」

「『男子死ぬまでに言ってみたい百のセリフ』三位を口にしないでいただけますかな？」

「なにそのセリフランキング」

「ちなみにディレイ調べです」

「そなのー」

「そだよー」

「ところで、だ」

ディレイとのふざけた会話を、レンは早々に切りあげた。

あらためて、彼はドードーを見下ろす。ハートの浮かんでいそうな目から、熱視線が返された。じゃっかん、レンは怯《ひる》む。だが、咳払《せきばら》いをして、彼は真剣にたずねた。

「さっきも聞いたとおりだ。おまえが末端でも、知っている情報はあると思う。なぜ、禁書の持ち主にでてこいって言ったんだ」

「あああああ、ざぁんねん！　そこもやっぱり、聞かされてないんだよねぇ」

「……そうなのか。くっそ、拷問もできないしな。どうするべきか」

ドードーの言っていることが嘘《うそ》か本当かは判別がつかない。そう、レンは唇を噛《か》む。

その前で、ドードーはひゅうっと口笛を吹いた。縛られたまま、彼女は体を揺する。

「拷問とか、興奮するぅ！　でもねー、本当になんにもでてこないんだよねぇ。私ちゃんさあ、惚れた相手には嘘なんてつきませんよ。えーっと、んーっと、それじゃあ、私ちゃんが聞いてる中でも夫ちゃんの役に立ちそうなこと、言おっか？」

「頼む」

レンは頭を下げる。ドードーはうなずいた。

背後の柱のほうへ、彼女は軽く顎を向ける。

「この魔道具は任意で止めることができます。結界の発生を永続的な設定にしないで最初からそういう縛りをかけたほうが逆に長持ちすんだって。だから私ちゃん、鍵、持ってる」

「本当か？」

「どぞっ！」

ドードーは大きく胸を張った。腕を伸ばしかけ、レンはハッとした。水に濡《ぬ》れた服の下では、たゆんと揺れるものがある。それから目を逸《そ》らしつつ、レンは彼女の胸元を探った。

「あんっ」

「変な声だすな」

「だってー、夫ちゃんが私ちゃんの敏感なトコロをもぞもぞするからぁ」

「変な言いかたをするな！」

「夫ちゃんだからいいいけどねっ！」

「女の子はもっと貞淑であってくれ」

　おもしろがっているのかドードーはくねくねと動いた。そのたびに胸をかすめそうになり、レンは慌てる。だが、なんとか細い鎖を探りあてた。彼は先に繋《つな》がれた鍵を取りだす。

　それを、レンはアンネに放り投げた。ぴょんと跳んで、彼女は鍵を受けとる。

「頼む、アンネ」

「了解！」

「んでさ、鍵回したら、全力で私ちゃんから離れてね？」

「なに言ってるんだよ、今さら逃すと……」

「にゃはー、そのセリフも興奮するぅ！　でも、でもさ、違うんだなぁ」

　アンネは柱に駆け寄る。その根元は大人の腕でも抱えきれないだろうほどに太かった。正面部分には、穴の開いた金属板が設けられている。それに、彼女は銀の鍵を近づけた。

（嫌な予感がする）

　止めるべく、レンは口を開いた。

　だが、すでに、アンネは鍵を差しこんでいた。彼女は腕を動かす。

カチ、リッ。

鍵が回った。

同時にチクタクという音が響き始めた。

ドードーの胸奥から、ソレは聞こえる。

うっとりと笑って、彼女は言った。

「結界止めたら、私ちゃんってば、爆発して死んじゃうからさ！」

＊＊＊

「爆発して、死ぬぅ!?」

「にゃっはー、逃げて、逃げて、夫ちゃん。ドッカーンに巻きこまれちゃうよん」

「なんでだ、なんで死ぬんだ？」

「柱の守護者に課せられた罰則、だね。勝手に結界を解除して、私たちが逃げださないようにするための措置。そういう爆発属性の魔法」

「だからって」

「ほらほらー、逃げなってー」

しっしと、ドードーは口で言う。彼女は、レンのことをそっけなく離そうとした。だが、ふたたび、ドードーは人懐っこく笑った。夢見るような声で、快楽殺人鬼は言う。

「私ちゃん、これでも小さいころの夢はお嫁さんだったんだよね！　だから、最後になっちゃったけど、ステキな夫ちゃんと出会えてよかったよ！」


本当に、本気で、ありがとねっ！

「だいすきっ！」


にゃはぁっと、ドードーは笑った。

ぐらりと、レンはめまいを覚えた。

理想の人に出会うことができたと彼女は語る。だが、それだけだ。まだ、なにも始まってはいない。それどころか、ドードーの人生はもう終わる。それでも十分だと言うように。

自分にはすぎた幸せだったと謳《うた》うように。

空っぽの、人形には。
その笑顔が胸にきた。

また、目の前につきつけられた理不尽が、レンにはどうしても許せなかった。

そんなことで、人が死ぬ。
そんなことで、殺される。

(認められるわけがないだろう!)

ドードーは快楽殺人鬼だ。
それでも、レンには見捨てられなかった。
その選択肢をとる自分はユグロ・レンではない。そう、レンには思えた。かつて、彼自身が決めたことだ。誰かが泣くのも辛《つら》い思いをするのも大切なものを失うのもごめんだと。

『かくあれかし』と彼は自分を定めたのだ。

空っぽの人形が、人間の中にいるために。

だから、発作的に、レンはある行動にでた。

＊＊＊

「アンネ、ベネ、アマリリサ、ディレイ、俺のことは追うなよ！」

「ほへっ、夫ちゃん？」

レンは縛られたドードーを抱えあげた。全速力で、彼は駆けだす。

ベネたちがなにかを叫んでいた。だが、それを無視して、レンは学園内に飛びこんだ。

失敗したら、全員が死ぬ。

アンネたちから、距離をとらなくてはならなかった。

抱えあげられながら、ドードーはまばたきをくりかえす。彼女は驚きの声をあげた。

「どしたの、夫ちゃん？　もう爆発するよ？　危ないちゃん」

「うるさい！　おまえを爆発させる魔術を、俺の本で無効化できるかもしれないだろ！」

「あっ……ごめん。臓器内で爆発するから、ソレ無理」

「なっ」

レンは息を呑《の》む。彼は足を止めた。

本当に、ドードーを助けることはできないのか。

彼は知識を探る。だが、レンの持つ異能では、臓器内の爆発には対応などきかなかった。

ならば、自分もドードーから離れなくてはならない。そうしなければ、ともに死ぬだけだ。

そうわかっているのに、レンには動けなかった。


どうしても、彼女のことを無情に降ろせない。

それは、一人で死ねと言うのと同じだからだ。


（どうする……どうする、どうしようもあるか、ちくしょうっ！）

三階の踊り場にて、彼は呆然《ぼうぜん》と立ちつくす。

うっとりと、ドードーは笑った。凶暴に八重歯を輝かせて、彼女は言う。

「ああ……でも、心中も、いいかもなぁ」

最後に、彼女は猟奇的な歪《いびつ》さを覗《のぞ》かせた。

その瞬間だった。

「なにをしてるんだ、少年！」

思いっきり、レンは後ろから蹴り飛ばされた。

自然、彼は腕からドードーを取り落とした。その先には階段がある。いっしょに転びかけたレンの襟首を、ナニカがひっつかんだ。驚いて、レンは顔をあげる。

見れば、アンネだった。

彼女は必死な形相をしている。

（馬鹿、おまえ。俺についてきたのか！）

そう、レンは思った。だが、言葉にする時間はない。迷いながらも、最後に彼はドードーを目に映すことを選んだ。ドードーは落ちていく。彼女もまた、レンのことを見つめた。

少しだけ、残念そうな表情をして、
ドードーは、バイバイと口にした。

「さよなら、夫ちゃん」

ずっと元気でいてね。

快楽殺人鬼の、遺言は、
祈るような言葉だった。

チクタクチクタク、チッ！

そうして、音は終わる。

強烈な爆発が起こった。

＊＊＊

目の前で光が弾《はじ》けた。

熱風が、全身を叩《たた》く。

「ぐっ、あっ！」

「少年っ！」

衝撃で、レンは吹っ飛ばされた。

かばうようにアンネは彼を強く抱きしめた。子を守る親のように、弟を守る姉のように、夫を守る妻のように。必死に、彼女は彼を守ろうとする。だが、瓦礫《がれき》の欠片《かけら》がぶつかった。

その腕は、離れる。

「――――っ、うっ！」

「アンッ、ネ！」

彼女も転がった。行き着く先には窓がある。とっさに、レンは動いた。アンネの制服をつかみ、逆側に投げ捨てる。反動で、体が移動した。代わりに、彼は窓にぶつかる。

ガラスが割れた。

血の滴が飛ぶ。

手が空を掻《か》く。

「――――レン！」

アンネの声を、聞きながら、
レンは瓦礫とともに落ちた。

魔導書学園の
禁書少女2

第七章　『アンネ』

灰が、
灰が流れる。

誰かが、
誰かが泣いている。

幼い手が、涙をぬぐう。
暗闇の中で彼女は言う。

――お兄ちゃん。
――会いたいよ、お兄ちゃん。

不意に、レンは気がつく。

最近、彼はくりかえし同じ夢を見た。眠るたびに妹の声を聴いた。
さすがに、不自然だ。レンは、同じ声をなんども聴きすぎている。

これは、ただの夢ではないのではないか。精神干渉系の魔術には——精度は低く、内容こそばくぜんとしたものとなるが——詠唱者の選んだ夢を、見させるものがあったはずだ。

だが、その推測の意味することはなんなのか。
彼にはよくわからない。

口は動かず、言葉はでず、なにも語れないまま夢はやがて終わる。
それでも、レンは思い続けた。なんども、なんども、くりかえし。

俺も。

俺も、会いたい。

妹に、会いたい。

サーニャ。

おまえに。

＊＊＊

ゆるやかに、レンはまぶたを開いた。

瓦礫の中に、彼は倒れている。

どうやら、頭を強く打ったらしい。視界はかすみ、ぐらぐらと揺れた。流れこんだ血が網膜をにごらせる。骨の内側を叩く鈍い痛みに、レンは脳という臓器についてを意識した。

同時に、彼はあることを思い返していた。

（俺は、ユグロ・レーリヤの『作品』だ）

災厄前のレンとその後の彼は、決して同じ人格ではない。

だが、肉体自体は同一だ。

たとえば、の話をしよう。
魂が消去され、白紙化しようとも――『脳』が覚えている記憶もあったのかもしれない。
だから、彼は幼い妹の名を思い出し、
今も、また、過去の光景を見ている。

体に乗っていた、壁の断片が動かされる。割れたガラスも丁寧にとり除かれた。

光が射《さ》す。

その中で、誰かが彼のことを覗《のぞ》きこんでいた。

灰と錆《さび》と化した風景を背に、『彼女』は言う。

『ごめんね』

「ごめんね」

それに、現実の声が重なった。正確な意味は理解できないまま、レンは気がつく。彼の前では今と昔が合体していた。目の前の光景と過去のできごとが、重なって展開している。

その混乱の中でも、レンにはわかった。

心配そうに、『彼女』は彼のことを見つめている。

紅《あか》い瞳が、レンを映す。銀髪が、淡く輝く。

整った顔立ちは、童話の姫のように美しい。


どこかで見たことのある顔な気がした。それどころか、とても身近な存在のような――

だが、今のレンには、『彼女』が誰なのかはわからない。

近くで、波の音が聞こえる。ああと、レンは思った。朝は灰色で、昼は碧《あお》の海が、無数の泡を浮かべて輝いているのだ。そのそばによりそっていた街を滅ぼして『彼女』は言う。

『私が【正義の味方】でい続ければ、あんなことは起きなかった』

あんなこととは、なんだろう。

こんなこと、と言うべきではないのだろうか。

街は崩されたばかりなのだ。それなのに、目の前の銀の少女はおかしな言葉を続ける。

『そして、こんなことにだってならなかった』

また、『彼女』はなにかをしてしまったのだろうか？

もう、その肩には負えないくらいの罪を犯したのに。

かわいそうで、
あわれすぎて、
思わず、レンは手を伸ばした。

『彼女』の白く、柔らかな頬《ほお》に触れた瞬間だ。
いくつかの光景が、フラッシュバックした。

妹が声をあげる。彼女はなにかを見つけたらしい。ついていけば岸辺に人が倒れていた。まるで海から現れた人魚姫のように、『彼女』は波に洗われている。美しい、だが、凄惨に破かれたような印象を覚えさせるドレス姿で、『彼女』は両手足を投げだしていた――。

そうして、自分と妹はなにをして。
最悪で、最低の災厄は起きたのか。

『君はもうなにも思い出さなくていい。傷つかなくてもいい。戦わないでもいい』

そっとささやき、『彼女』はレンのまぶたを掌《てのひら》で塞いだ。なにも見えなくなる。温かな暗闇の中、『彼女』は小さく息を吸い、吐いた。そして、悲しい決意に満ちた声で続ける。

『【今】だけは、私がどうにかしてみせるから』

そっと、『彼女』はレンの額に口づけた。

海辺でレンと妹のサーニャが見つけた人魚姫。
最悪で、最低の災厄の原因である、禁書使い。

その名前を、レンは呼ぶ。

「――――――――アンネ」

本当に、かすかに笑って。
『彼女』はその姿を消した。

＊＊＊

しばらく、時間はすぎた。

やがて、人の足音が聞こえてきた。

「しょう、ねん……少年……少年⁉」

大きな瓦礫《がれき》を横に倒して、制服姿の誰かが現れる。銀の髪が揺れた。紅い目にはひどく必死な光が浮かべられている。その人は今にも泣きだしそうな子供じみた表情をしていた。

彼女がここに『戻ってきた』意味がわからなくて、レンは尋ねる。

「……アン、ネ？」

「ああ、もう、少年、無事かい⁉　いや、無事じゃないな。わかってるよ」

アンネは駆け寄ってきた。心配そうに、彼女はレンの頬を撫《な》でる。

あたりを見回して、アンネは続けた。

「よかった。ガラスまみれになったり、倒れた壁の下敷きになることはなかったんだね？」

「ならなかったも、なにも……そうなっていたところを助けてくれたのは、アンネだろ？」

「えっ？」

首をかしげ、彼女は固まった。徐々に、その顔色は青ざめていく。

アンネの反応を不思議に思いながら、レンは尋ねた。

「おまえじゃないのか？」

「……私、は」

アンネは言いよどんだ。きゅっと、彼女は小さな唇を閉ざす。

レンは鈍く痛む額を押さえた。混乱したまま、彼はつぶやく。

「もう少しだけ、妹のことを思い出したんだ……あの子の名前は、サーニャといった」

「そう、かい」

「それで、俺と妹は……」

なにかを訴えるように、痛みは激しくなる。

強く、レンは頭をつかんだ。

骨の内側がみしみしと軋《きし》む。攪拌《かくはん》されているかのように、脳が揺れた。気持ちが悪い。

とても、とても気持ちが悪い。

さまざまな光景が、泡のように蘇《よみがえ》っては消えていく。

宝石を溶かしたような波。

倒れている、美しい少女。

閉鎖的で小さな海辺の街。


助けてあげましょう、という妹の声。

困っている人は助けてあげなくちゃ。


――私たちのことは、誰にも助けてもらえないから。


そして。

なにが。


「少年――君は、なにも思い出さなくていい」

厳しく、アンネが言った。

記憶の乱舞はそこで断ち切られる。

ぐっと、アンネはレンの腕をつかんだ。彼の頭から、彼女はその手をひき剥がす。見れば、レンの爪の間は血塗《ちまみ》れになっていた。いつのまにか、彼は指で頭皮を削っていたのだ。

自傷を止めながら、アンネはレンを見つめる。

「もう、やめるんだ。そんなことで、君は傷つかなくてもいい」

電撃的に、彼は気がついた。

アンネもなにかを知っているのではないか。

先程、彼女は『君が決して知る必要のない』情報を得たことを話していた。

仇《かたき》を追う調査の過程で、アンネはレンに関しても、新たになにかを知った可能性が高い。

だが、それを語らないのだ。

なぜなのかと、言葉にしてたずねることは、レンにはできなかった。今の彼には、『己について知る』勇気が枯渇している。そんなレンに言い聞かせるように、アンネは囁《ささや》いた。

「君が私を信じなくとも、私は君を信じるよ」

意味のまったくわからない言葉だった。

だが、確かに、それは救いにも思えた。

「……アンネ」

レンは口を開く。彼は記憶の一部を探った。

紅い目と銀髪。波間に倒れた、人魚姫。美しいが凄惨に破かれたようにも見えるドレス。

同時に、学園での光景が脳内を回った。

机に腰かける姿。レンの先に立って走る背中。ドードーの腕をつかむ手。相棒と呼ぶ声。

いつもの、明るい笑み。

遠くを見る寂しげな目。

そのすべてを胸に、レンは告げた。

「お前は俺の相棒だ」

先程は、心から告げられなかった。

その答えを。

「なにがあろうと、俺はおまえを信じるからな」

アンネは目を見開いた。くしゃっと整った顔が崩れる。そうするとまるで幼い子供のようだ。泣き出す寸前のような表情を、彼女は浮かべた。そして涙と喜びのにじむ声で言う。

「ありがとう、レン」


その時だ。

遠くから、二人を呼ぶ声がひびいた。

「おーい、レン、アンアン、どこにいるのーっ!? 返事して、無事ーっ!?」

ベネたちが、レンとアンネを探している。

目元を軽く拭いて、アンネは立ちあがった。口元に両手をあてて、彼女は声をあげる。

「ここにいるよー、ベネベネーっ」

少し背を伸ばして、アンネは手を振った。ひらひらと、白い掌が動く。

足音が近づいてくる中、レンは彼女を見つめ続けた。

自分の街を滅ぼした禁書使い。

その人物と、まるで同じ姿を。

魔導書学園の
禁書少女2

第八章　二つめの塔—兄

「『聖女は白百合《しらゆり》に口づけた。彼女は望んだ。己の愛する全てのものに、等しく奇跡のあらんことを』……はい、旦那様、これで終了です！」

「ああ、ありがとうな、アマリリサ」

念のため、レンはアマリリサによる治療属性の魔術を受けた。アンネには彼を癒《いや》すことが無理だったためだ。アンネは禁書を多く所有している。だが、治療用の物語は持たない。

（『彼女』もそうだったんだろうか）

そう、レンは思った。禁書以外の本を持たないがゆえに、『彼女』はレンを瓦礫から救いだしただけで、立ち去ったのだろうか。ぼんやりと、レンはそう思いを馳《は》せる。

心ここにあらずな瞳を、アマリリサは覗《のぞ》きこんだ。

「ただし、頭を揺らしたことによるダメージは未知数です。無理はしないでくださいね」

「わかったよ……心配かけるな」

「そ、そんな、旦那様の心配ができる良妻だなんて……」

「言ってないんだよなぁ」

　アマリリサのボケも、なんだか強くなっている気がする。そう、レンは怯《おび》えた。なにせ、彼は天然ボケのベネと意図的ボケのディレイと小悪魔ボケのアンネを抱えているのである。いいかげんに、手いっぱいだ。

　まあ、それはそれとしてと……塞がった手の傷を眺めながら、レンは続けた。

「でも、アマリリサは優しいいし、気も利くし、人の気持ちに寄り添って考えられるやつだし、美人だし、魔術師としての腕も凄《すご》いし、絶対にいいお嫁さんになれると思うぞ」

「はい？」

「そういうところ！」

　ビシッと、アマリリサはレンを指さした。なにかをやらかしてしまったかと、彼は背筋をただす。真っ赤になって、ぷるぷると震えながら、叫ぶように、アマリリサは訴えた。

「そういうところ大っ好きです！」

「アマリリサが壊れた」

　キャーッと、アマリリサは顔を覆った。そのまま、ぶんぶんと彼女は首を横に振る。ふたつ結びの金髪が楽し気に躍った。照れた声で、アマリリサは大好きと小さくくりかえす。

　アマリリサの背後にはベネが立っていた。彼女は長く心配そうな顔をしていた。だが、今はなにかを言いたげなジトーッとした表情をしている。思わずレンは機嫌をうかがった。

「べネさん、言いたいことがあるようですが？」

「ほんっとレンはさ、そういうとこなんだよね」

「処刑の執行」

「正妻の余裕」

「あとの二人もなに言ってるんだ」

どっこいしょと、レンは立ちあがった。まだ、アマリリサは顔を覆っている。なんとなく、レンは小さな頭をぽんぽんと撫《な》でた。ひっと、アマリリサは固まる。

「あっ、悪い。嫌だったか？」

「……ほんと。ほんっと、そういうところですよ、旦那様」

耐えきれないと言うように、アマリリサはぷしゅーっと息を吐く。一方で、ついにがまんの限界を迎えたらしい。べネは跳びあがった。勢いよく、彼女はレンの前へと飛びだす。

「むにーっ、べネさんも撫でろい！」

「ディレイさんも撫でていいですぞ」

「アンネさんも並ぶとしようかな？」

「なんの騒ぎなんだこれ」

はいはいと、レンは全員の頭を撫でた。べネの行動は、レンを失うかもしれないと思った不安からくるものだろう。だが、アンネはともかくとして、ディレイの便乗は謎だった。

あんのじょう、彼はううんとうなった。

「試しに撫でてもらいましたが、意外や意外。あまり楽しくはないものですなぁ」

「言ってろ」

「女子だと違うやもしれません。べネ氏ー、ディレイの頭、空いてますぞぉ？」

「かち割ってもいいってことさね？」

「べネ氏のお望みとあれば」

「えっ、ディレイさん、ここでさよならバイバイなんですか？」

一連のやりとりにアンネは穏やかな目を向ける。

やはり、遠く、憧れのものたちを眺める表情で。


今ではわかる。


その視線には理由があるのだ。

そう、レンは気がついている。

だが、彼女の奥深くへと隠された暗闇は、
まだ、レンには暴くことができなかった。

＊＊＊

「『炎の女神は彼女に触れた。そして、学んだのだ。神という存在の知るよしもなかった、心の凍りついた人間の冷たさを』」

「……うぐあっ！」

アマリリサの物語が炸裂《さくれつ》した。灰色のローブ姿の人間が吹っ飛ぶ。

炎と氷の複合属性が、小規模な爆発を起こしたのだ。

次の柱へと向かう途中での戦いだった。

廊下で襲いかかってきた男は倒れ伏す。

「お疲れ様ー、リリーもさっすが、強いさねー」

「ありがとうございます。これで無力化できましたね」

「ああ、綺麗《きれい》に気絶しているね。もう、大丈夫そうだ」

　こういった小規模な戦闘をレンたちは複数こなしてきていた。今度の男の首筋にもやはり入れ墨が刻まれている。数字こそ違うものの同じ模様を何回見たのか、もうわからない。

　思わず、レンはつぶやいた。

「侵入者たちに刻まれてるこの入れ墨って、いったい、なんなんだろうな？」

「ああ、それならわかっています。『図書監獄』に囚《とら》われた、罪人の証《あかし》ですぞ」

「なんて？」

　思わぬところから答えが返った。レンはまばたきをする。その前で、ディレイは意外そうな顔をしていた。インバネスコートに包まれた腕を組んで、彼は首をかしげる。

「おや、もしや、ご存じなかったですかな？　大罪人について調べた経験があれば簡単に察しがつくことなので、いちいち言わなかったのですが？」

「いや、普通はそんなことを調べないだろ……」

　親友の話のおかしさを、レンは指摘する。

　初めて気がついたというように、ディレイはまばたきをした。ぽりぽりと、彼は側頭部を掻《か》く。数秒間、ディレイは悩んだようだ。だが、怪しく笑って、彼は詳細をごまかした。

「なるほど。そういうものかもしれませんなぁ。コレは失敬。くぃっひっひっ」

話題はそこでとぎれる。だが、レンはひっかかりを覚えた。

なぜ、ディレイは大罪人についてなど調べたのか。そうレンは問おうとする。だが、ディレイの表情を見て、言葉を呑《の》みこんだ。真剣かつ暗い目で、親友は虚空をにらんでいる。

自分の悪い癖だと自嘲しながらも、レンは思った。

(人の心は難しい。俺には簡単に暴くことはできない)

空っぽの人形は、人間に踏みこむ術《すべ》を持たなかった。

しばらく、沈黙が続く。

なにごともなかったかのように、ディレイは口を開いた。

「レン氏ぃ、次の柱はもうすぐですぞ。急ぎましょう!」

「そだねー。また誰かに襲われる前にどんどん行くさね」

「次の柱の場所は校庭の中心ですから……あちらですね」

「行くよ、少年」

「あ、ああ」

レンはうなずいた。親友として、気にかかる部分はある。だが、今は非常事態だ。

話を聞くのは後でもいいだろう。

そう決めて、レンは三人を追いかけた。校舎の真横に設けられた校庭へ、彼らは急ぐ。

だが、レンの甘い想定はすぐに粉々に打ち崩された。

既に薄闇に包まれた柱の前には、やはり魔術師がいた。体格からして男だとわかる。
彼は、醜い豚の仮面をつけていた。首筋には、やはり、数字の入れ墨が刻まれている。

金に光る壁のせいで、視界に不自由はない。

敵の姿を見あげて、ディレイは言った。

「ご無沙汰しておりますね、兄上」、と。

第九章　寄生の家

「……兄上？」

目の前には敵の魔術師――柱の守護者がいる。

彼の顔は、精巧な醜い豚の仮面で覆われていた。さらに黒服を着こんだうえで、丈夫なエプロンまでしている。恐怖小説内の肉屋を連想させる格好だ。本人もそれを意識しているのだろう。ゴム手袋をはめた手には、肉切り包丁が構えられていた。

古典的な殺人鬼、らしい姿ともいえる。

『図書監獄』に封じられていた大罪人なだけあった。

だが、そんな男に向けて、ディレイは呼びかけた。

兄上、と。

「ちょっと待て、おまえの家族⁉」

レンは混乱する。

予想もしない展開だった。親友に犯罪者の兄がいると誰が思うだろう。

一方で、ディレイは落ち着いたものだった。諦めをふくんだ様子で、彼は首を横に振る。

「いやはや、敵の多くは大罪人が占めている。そうわかっていましたもので、『いるかもしれない』とは予測しておりましたぞ……しかし、まさか柱の守護者とは。なんともはや」

ふぅっと、ディレイは細く息を吐いた。

不機嫌に、男は肩を揺らした。仮面の奥から、彼は地を這《は》うような、低い声をだす。

「ダーナムだ……俺は、ただのダーナム。望まれた貴様が、恵まれた貴様が、兄と呼ぶな」

「ハッハハーッ、これだから想像力が貧困な輩《やから》は困ったちゃんですなー。なーにが、恵まれたですか！　こちとら、実家はめちゃくちゃ苦手ですし、現状めっちゃ疎遠ですわ！」

煽《あお》るように、怒りをぶちまけるかのように、ディレイは笑う。レンは驚いた。いつも飄々《ひょうひょう》としている親友には、珍しい態度だ。だが、しばらくすると、ディレイは声を鎮めた。

「まあ……確かに、あなたと比べれば恵まれている点も多々あったことは認めますぞ。兄……ダーナム氏は虐待の末に歪《ゆが》み、そうなってしまわれた。それを止められなかったことを、自身の幼さのせいにはいたしますまい」

悲しそうに、ディレイは語る。

虐待。

そう聞いたとたん、レンの中でなにかが音を立てて軋《きし》んだ。明確な痛みを覚え、彼は額を押さえる。鼓動が速くなるのを感じながら、レンは首をかしげた。

(……なん、だ?)

いったいなぜ、その言葉に。

レンの肉体が反応するのか。

不吉な予感に、彼は戸惑う。だが、それについて深く考えるひまはなかった。

ディレイの言葉に、ダーナムは声をあげた。

「ハッ、好きに言っていろ。どれだけ悔いてもらおうが無駄だ。俺は奴《やつ》らを……人のフリをしていただけの醜悪な肉袋連中をかっさばいたことに、なんの後悔もない」

「ええ、そう、でしょうなぁ」

「そして、今の俺はこの柱を任された身だ……相手がおまえでも切り裂き、さばいて、殺して、並べるだけだ」

彼は肉切り包丁を光らせた。不快な音をたてて、ダーナムはゴム手袋を軋ませる。

同時に、レンの混乱は頂点に達した。自分の不調は無視し、彼は現実と向きあう。

このままでは、ディレイの兄と戦う展開になるのだ。

慌てて、彼は尋ねた。

「待ってくれ、ディレイ！　これはどういうことなんだ⁉」

「そうですなぁ……関係ない、と切り捨てるには、私とレン氏は仲が良すぎますなぁ。ダーナム氏ぃ。恐縮ですが、少々お時間をいただいてもよろしいですかな？　あと、こちら、親友なのですが我らの話をしても？」

軽くディレイは呼びかけた。意外にも、ダーナムは大きく肩をすくめただけで済ませた。好きにしろ、ということらしい。胸元に掌《てのひら》を押し当てて、ディレイは彼に感謝の礼をした。

やりとりを見て、レンは思った。

この兄弟は別に憎みあっていないのではないか、と。

二人の関係についてレンは思い悩む。

その間にも、ディレイは語りだした。

「むかーし、昔。遠い昔より、デンリースは、『寄生の家』だったのです」

＊＊＊

魔術師の持つ本は、当人が望み、しかるべき儀式を行えば血縁に譲渡ができる。

そうして冊数を増やしていくことで、魔術師は力を増すのだ。

これは、ある事実を意味している。

つまり、当人の持つ冊数が多くなくとも、名家の伴侶を迎えさえすれば子孫に多くの本を継がせることが可能だ。その方法に全力で頼るため、『美』の追求に走った家があった。

人を魅了し、嫁や婿に招き、相手がたの家に寄生――やがてはすべてを喰《く》らいつくす。


それが、デンリース。

悪名高くも美しき、『寄生の家』であった。


「待った」

生徒のごとく、レンは片手をあげた。彼は親友の話を止める。

教師のごとく、ディレイもそれに応えた。彼はレンを指さす。

「はい、レン氏。なにか質問ですかな？」

「いや、あの、まじめで重い話をしているときに本っ当に悪いんだけど……」

しばらく、レンは悩んだ。その前でディレイは言葉を待つ。一度、レンは振り返った。

ベネとアマリリサ、アンネに、彼は視線を走らせる。彼女たちは、深々とうなずいた。

どうやら、全員が同じ思いらしい。

そのことを確かめて、レンは口を開いた。

「おまえって、実はもの凄《すご》く顔がよかったんだな……」

「それさね」

「それです」

「それだよ」

ディレイ・デンリースは美形である。

言動が大変にアレなせいで、誰もその事実に気づいていなかった。

女性陣もなんだか凄い表情をしている。一方で腹を抱えて、ディレイは笑いだした。

「くぃーひっひっ！　それに気づかないかただからこそ、私はレン氏を親友にしたのですなぁ。人の顔を見て態度を変えるような人間なら、ポーイでしたぞぉ」

「そ、そうか。そういうもんなのか」

「ベネ氏もアマリリサ氏もアンネ氏も、だからこそ貴重な美少女なのです……まあ、この言動なのは人除《よ》けの意図的なものですので、近づいてくる女子自体が少なかったですがな」

少なかった──つまり、いることはいたのである。さらにそのしゃべりかたやふるまいがわざとだとは、レンはまるで気づかなかった。反省をこめて、彼はぽりぽりと頬《ほお》を掻《か》く。

「やっぱり、俺は人間としてダメだな……おまえの『本当』に、一個も気づかなかった」

「人に疑いを抱かず、常にふざけている人間を、本質を察して親友と呼んでくださる。それもまた、レン氏のよさでしょう。私はそのように思っておりますが？」

温かな目をして、ディレイは語る。

いい友人を持った。そう、レンはうなずいた。真剣に、彼は続ける。

「これからは、俺たちの前では普通の口調に戻してくれても大丈夫だからな！」

「えー、嫌です」

「なんて？」

「今のキャラが気にいってるので嫌ですぞっ！」

「気にいってるのかよ」

「めっちゃ気にいりです」

「そっかー」

「そだよー」

「で、だ」

こほんと、レンは咳払《せきばら》いをする。

ちらりと彼は柱のほうをうかがった。意外なことに、ダーナムに焦《じ》れた様子はなかった。

豚の仮面をつけているためわかりにくくはある。だが、いらだちや怒気は感じられない。

ふたたび、レンは思った。

決して、ダーナムは弟のことを嫌ってはいないのではないかと。

ならば、彼はなにを憎み、
なにを殺したというのか。

「ディレイ、話を続けてくれ」

「ああ、そうでした……デンリース。美しくもおぞましき『寄生の家』。その悪名は徐々に高くなり、デンリースは名家からの伴侶を迎えがたくなっていきました」

重い事実をディレイは謳《うた》う。

それはそうだろうとレンは思った。魔術師は己の一族に本を伝えていきたいものだ。魅了され、嫁や婿になることがまず異例である。悪名が広がっている家相手にはなおさらだ。

そして、没落寸前の一族はどうなったか。

童話でもつむぐように、ディレイは語る。

「デンリースには二人の兄弟が産まれました」

＊＊＊

五歳違いで、二人はこの世に生を享《う》けた。

そして、成長とともにある事実が判明する。

兄のダーナムが突出して顔がよかったのだ。

これならばまた名家の伴侶を迎え、一族は所有本を増やせるかもしれない。そう、デンリースは沸いた。結果、ディレイのほうは放置され、頭を撫《な》でられることすらなく育った。

レンはうなずく――確かに、彼は男にも女にも撫でられた経験がないようだった。

早々にダーナムを次期当主にすえ両親は本を譲渡した。

だが、彼が『無限図書館』に入学後――悲劇が起きる。

学園で、なにがあったのか。

ダーナムは顔を焼いたのだ。

さらに、治療魔術を故意に歪《ゆが》めた形でかけ、肌に醜いひき攣《つ》れを残した。

心神の喪失を理由にダーナムは家に帰された。だが、ディレイを除く家族は怒り狂った。ダーナムの顔は個人ではなく、家の所有物であると考えられていたためだ。ディレイの『無限図書館』卒業後、本と当主の座は譲渡することが決められ、ダーナムは幽閉された。


そして、虐待が始まった。


「肉体にも精神にも、それは激しい苦痛が与えられました。特に祖父母は苛烈で、革の鞭《むち》と蠟燭《ろうそく》を好みました。私はそれを止めることはできず……そして、あの日が来たのです」

本の受けとりは、何歳でも可能だ。だが、譲渡は一定年齢を迎えなければ行えない。

ゆえに、ダーナムは数多《あまた》の本を所有したままだった。

それは、その気になれば反撃ができることを意味する。だが、孫を己の所有物としてしかとらえていなかった祖父母は、事実を見落とした。

そして、ダーナムは『その気になった』。

「祖父母は全身を裂かれ、バラバラにされ、醜く中身を晒《さら》された状態で見つかりました……事件の残忍性が考慮され、ダーナムは『図書監獄』に幽閉されたのです……レン氏？」

「あ、ああ……すまない」

レンは額を押さえた。ディレイの話を聞いた直後から、彼は混乱に陥っていた。

記憶の奥底で、なにかが蠢《うごめ》いている。

幽閉と、レンはつぶやいた。

虐待。革の鞭。蠟燭。

心身ともに、痛みを与えられる日々。

誰も助けてはくれない。

サーニャと自分は海辺に倒れていた人をかくまい、それから。


みんな、死んじゃえ。


耳元に、泣き声が蘇《よみがえ》った。レンは目を閉じる。心配そうに、ディレイが言った。

「レン氏、大丈夫ですかな？」

「あっ、ああ……大丈夫、だ」

本当に、そうか？

自分の中で、誰かが聞いた。

同時に、レンは思い悩んだ。

リシェルの禁書による精神操作を受けたさい、彼は穏やかにほほ笑む妹と両親の姿を見ている。海辺の街が破壊されるまで、一家はそれはそれは幸福に平穏に生きていたはずだ。


だが、果たして本当にそうか？

（おかしなことは、いくつかある）


魂を漂白され、レンの記憶は失われた。

だが、外部の記録は残っている。

故郷自体は、灰と錆《さび》と消えた。だが、街が孤立状態にあったというわけでもないかぎり、レンとその家族に関する情報は手に入ったはずだ。だが、『白の竜』との戦いで声を聞き、リシェルの精神操作を受けるまで、レンは自分に妹がいたという事実すらも知らなかった。


ユグロ・レーリヤが語らなかったからだ。

なぜ、彼女はレンの家族についてなにも言わなかったのだろう。

おそらく、そこには沈黙を選んだ理由がある。

恐ろしい、理由が。

考えれば考えるほど、暗闇は深くなった。まるで、海の中へと沈むかのようだ。

自分の底へとレンは堕《お》ちていく。なにもかもが遠ざかった。そこには深い絶望と、生温かな安息が広がっている。もう、戻りたくない。そう、レンは思った。現実とは恐ろしい。

すべてを知ることが怖い。真実を求めることは苦痛だ。

だが、かすかに、彼を呼ぶ声が聞こえた。

……ょうねん……少年……少年っ！

『彼女』が待っているのならば、起きなければ。

そう、彼はゆっくりとまぶたを開いた。

銀髪の輝きが目に入る。

レンの瞳を覗《のぞ》きこんで、彼女は言った。

「しっかりしたまえ、少年！」

「あっ、ああ……アンネ、か」

相棒に肩を揺さぶられて、レンは我に返った。

どうやら、気を失いかけていたらしい。

アンネはほっと息を吐く。数秒の沈黙を挟んで、彼女はぎゅっと彼を抱きしめた。さらに、わしゃわしゃと彼の頭を撫でる。レンは目を白黒させた。なぜ、アンネがそうするのかがわからない。幼子にするように、彼女は彼を扱った。そして、泣きそうな声で訴える。

「大丈夫だとも。私は君の相棒で味方だよ」

「……わかってる……うん、わかってるよ」

ぼんやりとレンはくりかえした。

やはり、アンネはなにかを知っているように思う。

そのうえで、彼女もまた、沈黙を選んでいるのだ。

ゆっくりと、レンは口を開いた。

「アンネ……おまえは、俺について、なにかを」

だが、その先をつむぐことはできなかった。ちらちらと見え隠れする『なにか』と向きあう恐ろしさにレンはまた口を閉じる。それを察しているだろうに、アンネもただ黙った。

二人は『なにも言わないこと』を選び、守る。

彼女の後ろでは、ディレイが心配そうな顔をしていた。だが、レンが返事をしたのを見て、彼は安堵《あんど》したらしい。続けて、ディレイは決意するようにうなずいた。

「さて、レン氏は体調が優れないご様子……ちょうどいい、とでも申しましょうか。今はゆっくりと、休んでいてくだされ」

レンは首をかしげた。確かに体には力が入らない。ダーナムが肉弾戦にも優れていれば敗北はありえるだろう。だが、ここで、一番戦えるのは自分だ。そう思い、レンは尋ねた。

「ディレイ……なにを」

「今のレン氏では、負けるやもしれません。そんな状態の友人を戦わせられますか?」

「しかし」

「もちろん、勝つ可能性も十分にありますぞ。そのときは、ダーナム氏とも一瞬で決着がついてしまうことでしょう……ですが、それではダメなのです……お恥ずかしながら、私の心の整理ができない」

重々しくディレイは首を横に振った。レンは口を開き、閉じた。反論はいくつも思いつく。だが、なにひとつとして形にはならなかった。親友は決意している。それは阻めない。

固く、なすべきことを決めた人間に。

空っぽの人形は、こんなにも無力だ。

「アンネ氏には、レン氏のことを頼みましたぞ」

「……わかった。頼まれたよ。少年は命に代えても私が守る」

スニーカー文庫10月の新刊
2022
10
October
スニーカーNAVI
親友同士から始まる、
距離感ゼロの両片想い
ラブコメ開幕!!
新作
親友歴五年、
今さら君に惚れたなんて言えない。
三上こた　イラスト／垂狼
KADOKAWA NEW BOOKS INFORMATION
スニーカーNAVI（2022年10月1日発行） 発行：株式会社KADOKAWA
〒102-8177東京都千代田区富士見2-13-3
電話：0570-002-301（ナビダイヤル）
イラスト/垂狼（「親友歴五年、今さら君に惚れたなんて言えない。」より）
Art Direction／AFTERGLOW
待望の第2部開幕！
『出涸らし』
最新10巻発売！

オーバーロード
OVERLORD IV

少年の過去は――
禁忌に
彩られていた
魔導書学園の禁書少女2
少年、共に誓いを結ぼうか
綾里けいし　イラスト／みきさい
「これより「革命」を開始します」――過去なき少年レンが禁書の主であるアンネと共に、学園に潜む仇を捜す最中、突然に事件は起こった。「ある者」を求めて学園を占拠した脱獄魔導士らとの戦いがはじまる――。

少しずつ熱くなる、
この気持ち。
夏休みのお泊り編、
スタート！
陰キャだった俺の青春リベンジ3
天使すぎるあの娘と歩むReライフ
慶野由志　イラスト／たん旦
文化祭も期末テストも大人のメンタルと社畜力で乗り越えてきた新浜は、球技大会という新たな課題に直面していた。春華に良いところを見せるため、新浜は筆橋にコーチを頼んで猛特訓を開始して……。

次なる暗躍は――
大陸最強の全SS級冒険者を集結させよ！
ゴードンたちの反乱を終結させたアルであったが、戦争介入問題のためシルバーとして査問会への出席を命じられる。事を有利に運ぶべく全SS級冒険者の集結を目指し動き出すが――一筋縄ではいかない面子ばかりで!?
最強出涸らし皇子の暗躍帝位争い10
無能を演じるSSランク皇子は皇位継承戦を影から支配する
タンバ　イラスト／夕薙

このキモチ、もう抑えられない――
冴えない僕が君の部屋でシている事をクラスメイトは誰も知らない2
ヤマモトタケシ　イラスト／アサヒナヒカゲ
クラスでのトラブルが解決し上原の遠山に対する想いは日に日に高まっていた。その2人のカンケイが進展していくことにセフレの高井は嫉妬とも憧れともいえないキモチが高まり徐々に暴走してしまって!?

クラスの余り者とリアルが超充実!?

青春解放ラブコメ第2巻！

"問題児"たちは修学旅行を乗り越え、ぎこちなくもグループとして集まるようになった。炎上の件で親の監視が厳しく、自由に外出できない鈴を解放するため、碧たちは鈴を貶めたヤツらから証拠を掴もうと動き出す！

問題児の私たちを変えたのは、同じクラスの茂中先輩2
桜目禅斗　イラスト／ハリオアイ

「ありがとうございます」

深々と、ディレイは礼をした。そして、彼はインバネスコートの裾をひるがえした。靴音を鳴らして、ディレイは柱の前へと進みでる。金の壁の光に照らされ、髪が薄く光った。

目の前にはダーナムが立っていた。

長い語りを、親友とのやりとりを。

邪魔することなく、彼は待っていたのだ。

ダーナムに対してもディレイは礼をする。

「長らくお待たせしましたな、ダーナム氏ぃ。このディレイがお相手しますぞぉ」

「おまえが？　一人で？」

「左様」

ディレイはうなずく。ダーナムはたじろいだようだった。彼からは、動揺がうかがえる。

無謀だとレンも思った。通常、魔術師同士の戦いの勝敗は、本の数と質に大きく左右される。そして話の通りならば、ダーナムは『寄生の家』の所有本をすべて継いでいるのだ。

『図書館持ち』に、ディレイが勝つ術《すべ》はない。

だが、と、レンは迷う。

自分が動くことは彼に対しての裏切りではないのか。

親友を助けたい。

力に、なりたい。

だが、邪魔はしたくない。

いったいどうすればいいのか。レンにはわからなかった。

そのときだ。

可憐《かれん》で、高らかな声がひびいた。

「手助けくらいはいいんでしょ?」

「ええ、友を救うのもまた、誇り」

一つ結びの蜂蜜色と、二つ結びの金色がなびく。

ディレイを中心に、少女たちは前へでた。

「一緒に戦うさね」
「共にまいります」

ベネ・クラン。
アマリリサ・フィークランド。
レン以外のディレイの友人たちは、力強く言いきった。

TIPS.5

【寄生の家】

ああ、デンリース！ 美しき【寄生の家】よ！

栄光と汚辱に塗れし、その名のいつか潰えんことを！

詩人にも上記のごとく詠われるほどに、

デンリースは栄光と汚名に塗れている。

現在、魔術師の社交界ではその名は忌み名として知られており、

ディレイ・デンリースもあの性格でさえなければ、

学内で危険人物として扱われていたものと予測される。

彼の被った道化の仮面は、自身を守るために必要なものであったのだ。

兄のダーナムは、それだけの機転を利かすことができなかった。

それが彼を襲った悲劇の理由の一端である。

魔導書学園の
禁書少女2

第十章　友人たちの激闘

「お二人とも……気持ちはありがたいのですが。その」

少女たちに、ディレイは交互に視線を投げた。断るための言葉を探してか、彼は口を閉じる。その前で、ベネは力強く地面を踏んだ。腕を組んで、彼女はピンッと獣耳をたてる。

「なにさー、ディレイのくせに生意気さね！　退《ひ》けって言われたって、退かないぞーっ！」

「一人では勝てない戦いに挑むのは、あなたの気持ちを考えたところで認められませんね」

真剣に、アマリリサが応えた。彼女はつけていない眼鏡を、くいっとあげるまねをする。

二人の言葉に、ディレイは戸惑った。でも、と彼が言いかけたときだ。

その右肩にベネが、左肩にアマリリサが手を置いた。明るく二人は続ける。

「助太刀程度なら、別に問題ないでしょ？　どうだ！」

「主力は、あなたにお願いします。がんばりましょう」

「しかし……」

「断るな」

ディレイはハッとした。レンも息を呑《の》む。

低い声をだしたのは、ダーナムだった。豚の仮面をかすかに揺らしながら、彼は言う。

「お前が得たものも、お前自身と同じだ。断るのならば、俺を侮辱しているとみなす」

ディレイは、泣きそうに顔を歪《ゆが》めた。あにうえと、その唇が動く。だが、ダーナムはそれ以上の優しさは見せなかった。全身に明確な殺気をまとい、彼は肉切り包丁を構える。

「三人で来い」

「わかりました」

ディレイはうなずいた。深々と、彼は頭を下げる。続けて唇をひき結びながら顔をあげた。そして、ディレイは表情を一変させた。今までの言動が嘘《うそ》のごとく、彼は明るく言う。

「それでは、ベネ氏ぃ、アマリリサ氏ぃ、友情ぱわーで、いっちゃいますぞーっ！」

「なんかむかつくけど、おーっ！」

「どーんと来いですともっ！」

三つの声がひびいた。

まぶしいものを仰ぐように、アンネは目を細める。力の入らない拳を、レンは握った。

そしてダーナムは――――。

彼は、笑ったようだった。

だが、ダーナムは武器を降ろそうとはしなかった。戦闘態勢の彼を警戒しながら、アマリリサとベネは左右に展開する。インバネスコートの裾を、ディレイはばさりと揺らした。

同時に、全員が口を開く。

「「「「開示！」」」」

四つの声が重なった。

本棚が、展開される。

かくして、魔術戦は開始された。

＊＊＊

「『蛇は目覚めた。彼は這《は》いだす。大地は揺れた。祈る間もなく、人々は投げだされた』」

ダーナムの物語がひびく。


地面は、蠢《うごめ》くと陥没した。

詠唱は短く、深度も浅い。


だが、始まりとしては的確な一手だった。


「己が先行となっても後攻となっても、相手の足場を崩せる。実戦慣れしている有効打だ」

「ああ」

アンネは言った。レンはうなずく。

てきめんに、その効果は表れた。

体を揺らされたことで、アマリリサは詠唱を断ち切られたのだ。

「『冬の女王は悲しみを好まない。山に降る雪を眺めながら、彼女は』……きゃあっ！」

「『蛇は鎌首をもたげた。そのたび、地面は大きくまくれあがった。彼がとぐろを巻くと深く穴が削られた。大地は割れた。人々は嘆いた。だが、無慈悲に、蛇は舌をだした』」

すかさず、ダーナムは追撃を唱えた。

今度の詠唱は長い。地面が激しく揺れる。広く深く穴が開いた。

中に、アマリリサは落下しかける。ディレイも同様だ。

だが、不安定な足場を駆ける者があった。

「『人狼《じんろう》は月に吼《ほ》えた！』」

ごく短い詠唱で、ベネは部分的な変身を終えた。狼《おおかみ》のものと化した脚の力で、彼女は落下中の瓦礫《がれき》を蹴飛ばしながら、宙を移動する。アマリリサを、ディレイを、ベネは下に叩《たた》きつけられる前に受け止めた。二人を抱えて、彼女は底へ自ら着地。今度は上へと戻る。

スタッと、ベネは見事に無事な大地へと帰還した。

彼女の小脇に抱えられながら、アマリリサは言う。

「べ……ベネさん、ありがとうございます」

「へへーん、これがベネさんの実力だい！」

ぴーんっと、ベネは獣耳をたてた。得意げに、彼女は胸を張る。

敵の一連の行動を観察して、ダーナムはつぶやいた。

「やるな……その獣耳。ふだんから本の効果が暴走している証《あかし》か。基礎的な身体能力が常に向上状態にあるのだな……だから、部分的な変身でも、十分に筋力を発揮できたわけか」

「獣耳のことは言うなぁ！　怒っちゃうぞ！」

「すまん。気にしているのならば悪かったな」

あっさりと、ダーナムは謝った。その口調に、からかっている様子はない。

べネは調子が狂うなぁという顔をした。獣耳をペタンと倒して、彼女は問う。

「ねぇ……ディレイのお兄さん。本当に戦わなきゃダメなのさね。せっかくの家族なのに。それって、なんだか悲しいよ……他にも道は……」

「べネさん！」

風のように、アマリリサがべネを突き飛ばした。

べネはしゃべることに集中していた。軽い衝撃にも、彼女はぐらりと揺れる。

続けて、アマリリサは抱き着くようにして、べネをかばった。その肩が薄く裂かれる。

「…………っ、うっ」

紅《あか》い、血が舞った。

「……えっ？」

なにが起きたのかと、べネは目を見開いた。だが、すぐに、彼女の顔は怒りに染まった。

べネも気がついたのだ。アマリリサを傷つけたのは、ダーナムの投擲《とうてき》した肉切り包丁だと。

微妙につけられたカーブの効果で、刃《やいば》は彼の手元へと戻っている。

冷淡に、ダーナムはアマリリサの血を払った。花弁のように、紅が飛ぶ。

「これが答えだ」

「よくもリリーを……謝ったって、絶対に許さないよ！」

鋭く、ベネは獣耳を揺らした。彼女は地を蹴る。

その背後で、アマリリサは傷口を押さえながら立ちあがった。ベネが走る様子を見て、彼女は凛《りん》と表情をひき締めた。傷の痛みに耐えて、アマリリサは声をあげる。

「『ハリネズミのトームには友だちがいない。なんでかな？　彼は自分の針が自慢で、すぐにプスプス突き刺したから』——食らいなさい！」

ダーナムの真上から針の雨が降った。

タイミングは完璧だ。慌てて逃げるべく体勢を崩せば、ベネの拳がめりこむ算段だった。

「喰《く》らえ！」

「甘いっ！」

瞬間、ダーナムはかがんだ。

ばさりとエプロンを脱ぎ、彼は頭上に広げた。針まみれになった布を、ダーナムは横に捨てる。体勢を低くしたまま、彼は流れるように進んだ。ダーナムは肉切り包丁を構える。

そして、腕を突きだしているベネの――ガラ空きの腹を狙った。

軽く、アマリリサは目を見開き、

続けて、笑った。

「かかりましたね」


上を塞がれれば、下に動く。

そこまで、彼女たちには予想ができていたのだ。

流れるように、ベネは体勢を横に倒した。腹部の位置が変わり、肉切り包丁が空を掻《か》く。

「ぐっ！」

「ふっ！」

そのまま、ベネは重心を片側に移動させると、鞭《むち》のように足を振るった。

ダーナムの側頭部に一撃が炸裂《さくれつ》する。不安定な姿勢で、ベネは着地した。

よろめきながらも、ダーナムは距離をとろうともがく。

「……ぐぅ」

「ベネさんは逃さないよ！」

瞬時に、ベネは体勢を立て直すと跳ねあがった。そくざに、彼女は追撃に移る。拳を構え、ふたたび、ベネは頭を狙った。一連の攻撃を眺めながら、レンは思う。

相手が並みの魔術師であったのならば、ここで決着がついたことだろう。

だが、ダーナムはさすがだった。

倒れこみながらも、彼は肉切り包丁を振るった。切れ間のない斬撃で、ベネの接近を防ぐ。さらに一回転して、ダーナムは本棚から新たな本をひき抜き、広げた。

「『炎の波に逆らうすべはない。焼けるのを待て。灰になるのを待て。それが慈悲である』」

「『冬の女王は唄《うた》った。彼女の造る氷の中に囚《とら》われ、永遠をすごすのは至福であると』」

――私の詠唱内容に合わせた⁉」

アマリリサが驚愕《きょうがく》の声をあげた。

氷と拘束の複合属性の矢はあっけなく炎の波に防がれる。

(アマリリサがなんの属性を使うか、予測は可能だったな)

一連の攻防を観察しつつ、レンは考えた。

戦いの始めにアマリリサは『冬の女王の物語』を選んでいる。この事実からは彼女が氷属性を得意とすることがわかった。さらにアマリリサの言動から性格を読み取れば殺傷よりも拘束を目指すことも推測ができる。ならば、使われるのは『氷と拘束の複合属性』だ。

だが、真に畏れるべきは、戦闘中にその全てを見極め、的確に対抗本をひき抜いた――ダーナムの判断力と集中力だった。アマリリサは唇を噛《か》む。ぴんっと、ベネは耳をたてた。

「まさか、逃げられるとは……」

「ぐぐ、次こそは倒すからね」

「…………くっ」

結果、二人の追撃を避《よ》け、ダーナムは距離を開くことに成功していた。それでも、まだ脳が揺れているらしい。額を押さえながら、彼はベネとアマリリサを見た。

まっすぐに、二人はダーナムへ視線を返す。

その姿からは、互いへの信頼が見てとれた。

＊＊＊

ぼそりと、ダーナムはつぶやく。

「いい友人をもったな、ディレイ」

だが、彼は首を横に振った。醜い豚の仮面を、ダーナムはゆっくりとなぞる。

未練を断ち切るように、彼は低い声で続けた。

「それでも……『女相手には』これでおしまいだ」

なにを言っているのかと、アマリリサとベネは眉根を寄せた。

同時に、ダーナムは胸元から鍵を取りだした。柱に使うものとは、別のデザインだ。

もしや、と、レンは目を細める。

ダーナムは宙へとそれを投げた。

鍵はくるくると回り、短剣ほどの大きさに変わった。リシェルやアンネのものよりも、ずいぶんと小さい。鍵を構えると、彼は自身の胸へと向けた。アマリリサが声をあげる。

「なに、を！」

「――――開示」

ダーナムは短剣に似た鍵を、胸に突き挿した。そのまま、肉を千切る音を立てながら横へと回す。自害かと、アマリリサとベネは慌てた。だが、そうではない。

鍵は消えた。あとに、傷はない。

レンは知っている。アンネに教えられたのだ。

（隠された本棚の開示は、己の体に鍵を挿すことで行う）

もう一段階、新たな開示が行われた。

ガチンッと音がして、本棚の一部が横にズレる。

奥に隠し本棚があったのだ。

隠された棚には、朱色の本が一冊だけ置かれている。

乱暴に、ダーナムはそれをつかみとった。

アンネに視線を向け、レンは尋ねた。

「アレは」

「大丈夫、禁書ではないよ。しかし、強力な本のようだ……存在を隠すほどに、ね」

パラリとダーナムはページを開く。

その前に、少女たちは動いていた。

「させないよ！」

「『空に光が奔《はし》る。雨の間を眩《まぶ》しい線が縫う。アレに触れてはならない。ならないよ』」

ベネが駆ける。

また、アマリリサは雷属性の物語の詠唱を終えた。ダーナムの左右から電撃の槍《やり》が迫る。

さらに、ベネは地を蹴った。くるりと回り、彼女はかかと落としを放つ。

瞬間、ダーナムはささやいた。

たった、ひと言だけを。

「『愛しているよ』」

異様に短い詠唱だ。

だが、とたん、ベネは動きを変えた。彼女はダーナムを突き飛ばす。

そして、彼をかばった。ダーナムに代わって、彼女は電撃を受ける。

「ぎっ！」

短い悲鳴をあげて、ベネは倒れた。元々、アマリリサの攻撃には殺意がない。命に別状はないだろう。だが、レンたちは全員が目を剝《む》いた。悲痛な声音で、アマリリサは叫んだ。

「ベネさん！」

「『美しい、私の恋人よ。おまえだけに、私はこの愛を唄おう。恋を誓おう。さあ、私の前にひざまずいておくれ。おまえの額に、キスをさせておくれ』」

瞬間、アマリリサは固まった。まるで操り糸をつけられたかのごとく、彼女の足はギグシャクと震えだす。瞳に涙を浮かべて、アマリリサは首を横に振った。

「い、いや……私には、旦那様がいますのに……」

「なるほど、『異性限定』の精神干渉属性の本、か」

苦々しげにアンネがささやいた。レンは気がつく。

ダーナムの本は、アマギスのものと性質が同じだ。

条件を設けることで、その威力を増してある。

「ドレスで防備が可能な程度だから、私には効かないけれども……強力だね」

レンは考えた。今まで、ダーナム家が伴侶を得てこられたのには、この本の助けもあったのだろう。物語は長期的には効かない。だが、一時的な恋に溺れさせることは可能だ。

本を利用して、なし崩し的な状況を作り、それからゆるやかに陥落させていけばいい。

「くうっ……こんな、こんなの……フィークランドの名にかけて……」

自然にひざまずこうとする体を、アマリリサは止める。

必死の抵抗を嘲笑《あざわら》うかのように、ダーナムは肉切り包丁を構えた。

「終わりだ」


レンは動かなかった。

動く必要はないと知っていたからだ。

今の今にいたるまで——ディレイは一度も戦闘に参加していない。

それは、彼がある物語の詠唱を続けていたためだった。

＊＊＊

「『——かくして、子供らの涙は散った』……終わりましたぞ」

重々しく、ディレイは宣言した。

ハッとダーナムは弟へ視線を向ける。彼は、ベネとアマリリサとの戦いに集中しすぎていた。そのせいで、ダーナムは——兄であることから、その存在は把握していただろうに——ディレイが固有に持つ、『ある物語』の長期詠唱を許してしまった。

ディレイの特異な物語、『呪い以外の』精神干渉属性が発動する。

その効果は『子供の頃の悲しいことを思い出させる』。

また、物語は長くつむげばつむぐだけ、威力を増す。

結果、ダーナムには過去の記憶がいっせいに襲いかかった。

「うああああああああああああああああああああああああっ⁉」

物凄《ものすご》い悲鳴があがった。

喉を破壊しかねない声で、ダーナムは叫ぶ。

彼は己の顔を押さえた。ぶるぶるとダーナムは震えだす。ずしゃりと彼はその場に崩れ落ちた。ダーナムの前には見えない者たちがいるらしい。泣きながら、彼は誰かへ訴えた。

「どうしてだ、どうして、リリィ、スピナー……二人とも俺を裏切ったんだ？　なんで、俺を陥れたんだ？　この顔が悪いのか？　この顔を……顔を焼けば……ぎゃあああああああああああああああああゃあああああああああああああああああああっ！」

焼いたときの痛覚が再生されているのだろう。ダーナムは顔をかきむしった。

からんと、豚の仮面が落ちる。

その下にあったのはディレイとよく似た――だが、無数の醜いひき攣《つ》れの走る顔だった。

やがて、彼の記憶は幽閉時のころのものへと移行したらしい。

心身への虐待の苦痛が、彼を苛《さいな》んでいく。なんどもなんどもダーナムは体を跳ねあげた。

逃げようとするように、彼は小さく背を丸める。頭を抱えながら、ダーナムは叫び続けた。

「あああああ、ごめんなさい、ごめんなさい、俺が悪かった！　悪かったです！　俺が、俺が顔をだいなしにしたから。いやだ！　もういやだ、……助けてぇ、助けて、誰かぁ！」

――私たちのことは、誰にも助けてもらえないから。

サーニャの言葉を、レンは思い出す。

泣いても、叫んでも、誰も、助けてはくれない。

ああ、そうだった。毎日痛かった。苦しかった。

そこに、『彼女』はきたのだ。

そして――――。

ナニガ、アッタノカ？

「……申し訳ない、兄上」

ディレイの悲しげな声で、現実へと、レンはひき戻された。
もうダーナムは戦えない。泡を噴いて、彼は気絶していた。
その姿を静かに見つめ、勝者であるはずのディレイは泣く。
「……私があなたを救えればよかった」
彼の目から涙がいくつもいくつも滑り落ちた。
祈るかのごとく、ディレイはまぶたを閉じる。
かくして深い悲しみとともに。
第二の戦いは終わりを告げた。

第十一章　おまえが生きているという救い

「う……あっ……、」

――とさり。

軽い音をたてて、アマリリサは倒れた。

精神への干渉はとけたものの、ちょうど限界を迎えたらしい。

ベネも気を失ったままだ。彼女もまた、ぴくりとも動かない。

戦闘中は――ダーナムに、ディレイの詠唱を気づかれないようにするため――、レンたちは下手に手をだすことはできなかった。だが、今ならば大丈夫だ。

前のめりに、レンは立ちあがった。同時に、アンネも動く。

「ベネ、アマリリサ！」

「ベネベネ、アマリリサ君！」

レンとアンネは二人に駆け寄った。レンはベネの肩に手をかける。アンネはアマリリサの頰《ほお》を撫《な》でた。彼女たちの様子を、二人はそれぞれに確かめる。

「息は？」

「鼓動も……ああ、大丈夫そうだ」

脈拍、呼吸ともに安定している。

命に別状はない。

その情報を共有すると、レンたちは安堵《あんど》の息を吐いた。アンネがささやく。

「……よかったよ」

「本当に……二人とも、よくがんばったな」

手分けをして、二人はベネとアマリリサを並べた。楽な姿勢で、彼女たちを寝かせる。

一方、ディレイはダーナムのことを見下ろしていた。悲しそうな視線を、彼は兄に注ぐ。

だが、首を横に振り、ディレイは足を動かした。小走りに、彼はレンたちのもとへ近づく。

心配そうに、ディレイはたずねた。

「ベネ氏とアマリリサ氏は大丈夫ですかな？」

「ああ、二人とも問題ない」

「よかったですぞ……本当に、お二人には助けられました」

「おまえも無事でよかった」

そう言ったあと、レンは考えた。眉根を寄せて、彼は口を開く。

「なあ、ディレイ」

「俺がその狙いに気づけたのは、戦いが始まったあとだった……けれども、一人で挑もうとしたとき、おまえはすでに勝つ算段をつけていたんだな？」

レンは問う。ディレイの持つ本の効果は、過去に傷を負う者——ダーナムにとっては特攻だった。ただの無謀から、彼は一人での戦いを選んだわけではなかったのだ。

ディレイはうなずく。だが、彼は恥ずかしそうに続けた。

「ええ、そうです……しかし、勝てる望みはほぼありませんでした。短い詠唱では、これほどの効果は得られなかったでしょうから。ダーナム氏を倒せたのはお二人のおかげです」

「ああ、そうだな」

レンはうなずく。誇り高い気持ちで、彼は二人を見つめた。

この結果は、アマリリサとベネの健闘あってこそのものだ。

ほほ笑みを浮かべて、アンネは眠る少女たちの髪を撫でた。しみじみとディレイは言う。

「友とはよいものですな」

「まったくだ」

「レン氏も、私のワガママを聞いてくださり、ありがとうございました」

「俺はなにもしてないよ」

「いえいえ」

「いやいや」

そう、二人はやりとりを交わす。だが、不意に、ディレイは言葉を切った。真剣な瞳で、彼は柱を見つめる。ぎゅっとディレイは唇を嚙《か》みしめた。それから、おずおずと切りだす。

「あのう、レン氏……結界についてなのですが」

「言われなくてもわかってるよ。切るのはやめておこう」

ハッと、ディレイは目を見開いた。彼に向けて、レンはうなずく。

まだ、具体的にはなにも言葉にしていないのに。それでもと、ディレイは続けた。

「わかってくださるのですか⁉」

「解除の鍵を回せば、ダーナムさんは死んでしまう。それは駄目だ。彼は君の兄上で……祖父母へ犯した罪にも同情の余地がある。魔術師への判決は常に独善的だが……ここから出たあと、ユグロ・レーリヤ氏の力を借りられれば、違う結論もくだるかもしれない」

「俺も尽力するよ。師匠に、必ず頼んでみせる」

「いっしょにがんばろう？」

アンネは笑った。まだ涙の浮かぶ瞳で、ディレイは彼女を見る。その視線にこめられた真摯な感謝の気持ちに、アンネは照れたらしい。お茶目《ちゃめ》に、彼女は片目をつむってみせた。

「なーに、アンネさんは正義の味方だからさ」

「おまえ、いつもそれ言うな」

「だって少年。私は本当に正義の味方なんだよ」

アンネは頰を膨らませた。それから、なぜか、彼女は悲しげな顔をする。

自身に言い聞かせるように、アンネはささやいた。

「そう、正義の味方であらねばならないんだ」

『私が【正義の味方】でい続ければ、あんなことは起きなかった』

『彼女』から聞いた言葉を、レンは思い出した。初めて、彼は考える。

正義の味方、の、
本当の意味とは。

その時だ。ぎゅっと、アンネは両の拳を握った。彼女は声を弾ませる。

「それじゃあ、ダーナムさんを『小鳩《こばと》』の教室に連れて行き、アマギス先生に見ておいてもらうってことでいいかな？　そして、私たちは結界を破壊しなくとも、事態を収められる方法を探そう？　いいかい、少年、ここからが踏んばりどころだよ！」

「あ、ああ、そうだな、やろう！」

ハッとして、レンも賛同した。

にっこりと、アンネはほほ笑む。さすが、私の相棒だねとでも言いたげだ。とうぜんだろうと、レンはうなずく。決意に満ちた表情で、二人は固めた拳をぶつけあった。

本当に、方法があるかどうかはわからない。

それでも探すしかなかった。

ダーナムを爆発で死亡させるわけにはいかない。

あの、グレイ・ドードーのように。

夫ちゃんと呼ぶ声を、レンは思い返す。最後に快楽殺人鬼は、ただ、元気でとだけ言い残した。彼女の愛だけは、本物だったことだろう。そう考え、レンは強く唇を嚙みしめた。

(できれば、彼女のことも助けてあげたかった)

彼女は咎人《とがびと》だ。それでも最後を爆発でなんて、終わらせたくはなかった。だが、やり直すことは不可能だ。決して代わりではないが、ディレイの兄だけは救わなければならない。

「アンネ氏ぃ、レン氏ぃ」

顔をぐちゃぐちゃにして、ディレイは泣いた。なんどもなんども、彼はうなずく。

大きく安堵の息を吐いて、ディレイはダーナムのほうを向いた。

「本当にありがとうございます……これで、兄、も……えっ？」

「どうし、っ⁉」

「……嘘《うそ》だろ」

呆然《ぼうぜん》と、アンネとレンもつぶやいた。

さっきまで倒れていた位置に、ダーナムはいなかった。拘束属性の魔術を使えるのは、
アマリリサのみだ。そのため、彼のことは縛れてはいなかった。

それが、災いした。

いつのまにか、ダーナムは柱の前にいた。プツッと、彼は首にかけた細い鎖を切る。

そして、穴に鍵を挿しこんだ。

ガチンッと、ダーナムはソレを一気に回す。

チクタクと音が響き始めた。

ダーナムの、心臓の中から。

ディレイは目を見開く。なにひとつとして理解ができない様子で、彼は声をはりあげた。

「……兄上！　なぜ、」

「甘いことを言うな。結界を解かなけりゃ大勢が死ぬぞ……やがてはおまえたちも危ない」

「しかしっ！」

「俺はな。友と思っていた者と、恋人と思っていた者に裏切られた」

レンはダーナムの叫びを思い出す。リリィとスピナーと、彼はその人たちの名を呼んだ。

死は、ダーナムの目前へと迫っている。それなのに、彼はひどくおちついた声で語った。

ゆっくりと、ダーナムは振り向く。

その顔を見て、レンは息を呑《の》んだ。

とても、とても、穏やかに、
ダーナムはほほ笑んでいた。

「おまえはいい友だちを持ったな」

「兄、上」

「おまえが得たものは、おまえ自身でもある。おまえは、俺とは違う。大事にしろよ、みんなを。おまえは、それができるやつだ」

「そんな……最後に、そんな」

「それじゃあな、ディレイ」


人生の最後に会えたのか、おまえでよかったよ。

ひらりと手を振って、ダーナムは走りだす。

その意図が、レンには明確に理解ができた。

ディレイとその友人たちを、
爆発に巻きこまないようにするためだ。

＊＊＊

「兄上っ！」

だが、ディレイは地を蹴った。必死に走って、彼はダーナムを追いかけようとする。

とっさに、レンとアンネはディレイに抱き着いた。力の限り、二人は彼を押さえつける。

友人たちの拘束に対し、ディレイは激しく暴れた。

「離してください、アンネ氏、レン氏！　離せえええええええええええ！」

「それは親友として、絶対にできない！」

「君を死なせはしないよ、ディレイ君！」

だがディレイは止まろうとはしない。無理やり彼は前に進もうとする。その力はすさまじかった。腕や足が当たる。爪にひっかかれて痛みが走った。肉が削られ、血があふれる。


なすすべなく、レンとアンネは振り払われかけた。

それでも必死に、二人はがむしゃらに抱き着いた。

「絶対に、離しはしない！」

「離すものか！　絶対に！」


諦めない。

ダーナムにも、託されたのだ。

決して彼らは友人を諦めない。

「おまえは、俺の親友だ！」

「君は私の友だちなんだ！」


その時だった。


遠くで爆発音が響いた。

空気が震えて、鎮まる。

なにが起きたのかは、明白だった。

瞬間、ディレイは一気に力を失った。

＊＊＊

「あ、……あ、あ」

膝から、彼は崩れ落ちる。

衝撃で、レンとアンネはともに転んだ。無様に、二人は地面へと倒れる。

だが、その様子が見えていないかのように、ディレイは拳を振りあげた。

「ああああああああああああああああああああああああああああああっ！」

現実を否定するように、ディレイは吠《ほ》えた。

なんどもなんども、彼は地面を殴りつける。

「くっそ、くっそぉおおおおおおおおおおおっ！」

肌が破れ、血が地面を汚した。周囲は赤く染まっていく。肉がどんなに削れても、ディレイは拳を振るった。涙がそのうえに何粒も落ちていく。

その様子を眺めながら、レンとアンネは立ちあがった。

ふたたび止めようかと、レンは迷った。だが、今は悲しみを吐きださせることを選ぶ。

ディレイは、自傷にも似た暴力を続けた。だが、やがて体力に限界がきたらしい。あるいは、激情に行動が追いつかなくなったのか。虚空をただあおぎながら、彼はつぶやいた。

「私は、あなたを救いたかったのに」

「ダーナムはきっと救われていたよ」


迷いなく、レンは告げた。無言で、ディレイは立ちあがった。彼はレンの正面に立つ。

思いっきり、ディレイは右の拳を振るった。親友のことを、彼は力のかぎり殴りつける。


レンは避《よ》けなかった。

バキリと、音が鳴る。


ディレイは顔を伏せている。その表情は見えない。

顔には強烈な痛みが走った。だが、レンは目を逸《そ》らさない。

殴られたままの状態で、彼は口を開いた。言い聞かせるように、レンは続ける。

「おまえが生きてくれることが、救いなんだよ」

「そんなこと、なんにも！」

「おまえが生きてくれるから！」


だから、ダーナムさんはあの選択をしたんだ。

舌に血の味を感じながら、レンは言う。
それは、枷《かせ》でも、咎《とが》でも、罪でもない。
「おまえが友だちと生きていてくれることが、きっと希望なんだ」
己にはできなかったからこそ、その光の中に、弟がいることが。
乾いた声でディレイは笑った。ふらりと、彼は手を戻す。
ディレイは、軽く首を横に振った。彼は小さくつぶやく。
「いつも、あなたはこうだ……いっつも、本当に、いつも……私に相談なく……
馬鹿だ……馬鹿な、兄上」
大声で、ディレイは泣き始めた。
高く高く高く、泣き声が響く。

まるで、兄に置いて行かれた弟が、
彼のことを呼ぶような、声だった。

第十二章　三つめの塔―過去

「ダーナムさんが……」

「そんな……なんてことでしょうか」

ベネとアマリリサは目を覚ました。治療属性の本を持つのもまた、アマリリサだけだ。

彼女が自分たちに魔術をかけ終わったあと、レンは二人になにがあったのかを説明した。

その間、ディレイは柱にもたれかかって立っていた。無言で、彼は遠くを眺めている。

ベネとアマリリサは息を呑《の》んだ。二人は悲しみを露《あら》わにする。

ベネは打ちひしがれた顔をした。アマリリサは口元を覆う。特に、ベネは受けた衝撃が大きかったらしい。ぺたんと彼女は耳を倒した。だが、なぜかブンブンと首を横に振った。

そして、ベネは急に跳んだ。

「…………えい」

「……ベネ氏？」

ぎゅっと、ベネはディレイに抱きついた。さらに、わしゃわしゃとその頭を撫《な》でる。

驚きに、ディレイは目を見開いた。だが、悲しげに顔を歪《ゆが》めて、彼は弱々しく笑った。

「いいのですかな、ベネ氏ぃ。浮気になっちゃいますぞぉ」

「いいから！」

「ベネ氏？」

「……抱きしめられといて」

「……申し訳ありません。ありがとうございます」

ディレイは目を閉じた。

ぎゅうっと、ベネは腕に力をこめる。そっと、彼女はディレイに頬《ほお》を寄せた。

目を閉じて、ディレイもそれに応える。

自分はどうするべきかと、アマリリサは右往左往した。だが、決意を固めたらしい。ベネのうえから、彼女は腕を回した。二人まとめて、アマリリサは強く抱きしめる。

「えいっ！」

「……アマリリサ氏？」

「人の体温は、おちつくものだと聞きますから」

「……ありがとうございますぞ」

三人は団子状になる。

ぎゅうぎゅうと固まって、彼女たちは頭を撫であった。誰もが泣きださないよう耐えていた。それでも、自分以外の人間を支えることで、涙を流すことは避けた。

しばらくすると、三人は離れた。

視線を交わしあい、彼女たちは悲しみを払う。

ベネが耳をたてた。

アマリリサはうなずく。

元気に、ディレイは口を開いた。

「さあ、次が最後の柱ですぞぉ！　はりきってまいりましょう！」

「そのことなんだけどさ、みんな」

レンは口を開いた。なんですかな？　と、ディレイは彼のほうを見る。殴ったことと、殴られたことについて、二人はなにも言いはしなかった。言葉など、必要なかったためだ。

だが、今は語らなくてはならない。

息を吸って吐いて、レンは続けた。

「最後の柱には、俺とアンネで行こうと思う」

＊＊＊

数秒間、重い沈黙が落ちた。

だが、すぐに抗議があがる。

「なに水臭いことを言っているのですか、レン氏ぃ。一人でカッコつけようったって、そうはいきませんぞぉ！　困難とは全員で乗り越えてこそ伝説となるものですからな！」

「言ったでしょ？　レンとアンアンにだけ、危険なことをさせるわけにはいかないさね！　最後まで、ベネさんはついていくよ！」

「──なにか事情が、あるのですか？」

だが、アマリリサだけは別の言葉を口にした。

場に、沈黙が広がる。

まっすぐに彼女はレンを見つめた。翠《みどり》の瞳は宝石のように澄んでいる。この前で、嘘《うそ》など許されないだろう。そう思い、レンは真摯に応えた。

「ああ、そうだ。理由はちゃんとある」

「それは、話せることですか？」

アマリリサは問う。

レンは迷った。だが、首を横に振る。正直に、彼は告げた。

「……悪い。話せない」

「わかりました。それでは最後の質問です」

深く、アマリリサは息を吸いこんだ。己の胸のうえに、彼女は厳かに手を置く。

妻として。

婚約者として。

大切な友人として。

アマリリサは問いを口にした。

「生きて、私たちの下へ帰ってきてくださいますか？」

それは一種の制約だった。

これを守れなければ、行かせるつもりはない。彼女の瞳はそう語っている。

レンは息を呑んだ。嘘をつけばいいだけのこと。そうわかっていながらも、彼は喉から言葉をだせなかった。アマリリサの視線に射抜かれながら、レンは立ちつくす。

「それは」

「帰すよ」

そこで、迷いのないひと言がひびいた。レンはアンネを見る。

銀髪を揺らして、彼女は前にでた。そして、力強く断言する。

「約束するよ。少年は、私が必ず生きて帰す」

「……アンネさんは？」

アマリリサは問う。本気で、彼女はアンネのことを案じていた。一瞬、アンネは迷ったようだった。彼女は視線を泳がせる。だが、口を開く。そこからは、嘘がでることだろう。

そう予測して、レンは言った。

「アンネ」

「なんだい、少年？」

「おまえは一人じゃない」

だから、おまえの嘘は嘘にはならない。決してさせない。

そう、今度はレンが言いきる。

アンネは目を見開いた。それから彼女は紅《あか》い目を緩やかに細めた。レンは深くうなずく。

そう、ユグロ・レンは、
アンネ・クロウの相棒だ。

病めるときも健やかなるときも。

ともにいると、誓った仲だった。

アンネはアマリリサのほうを向いた。穏やかに、彼女は確信をこめた口調で言う。

「どうやら、私のことは少年が守ってくれるらしいよ」

「……そうですか、わかりました」

アンネの答えに、アマリリサはまぶたを閉じた。しばらく、彼女はなにかを考える。それから、アマリリサは目を開いた。澄んだ瞳に真剣な光を浮かべながらアマリリサは言う。

「ならば、お行きなさい」

「そんな、リリーッ！」

「行かせてさしあげましょう、ベネさん」

さらりと、アマリリサは肩から金髪を払い落とした。少し首をかたむけて、彼女はベネのほうを見る。優しく、あくまでも強要などはしない口調で、アマリリサは語った。

「私は知っています。フィークランドの人間は、ときに大事なもののために戦いますから……そう、人にはどうしても戦わなければならないときがあるのです。さっきのディレイさんがそうだったように……。そして、私とベネさんが助力したように、レンさんにはアンネさんがいる……これから先は、きっと、お二人の戦いなのです。そうですよね？」

「ああ、ありがとう」

レンは応える。アマリリサはうなずいた。

彼女へ向けて、深く、レンは頭を下げる。

うーっとうなり、ベネは耳をぺたんこにした。だが、もう、なにも言わない。彼女にレンは近寄った。彼は腕を伸ばす。いつものように、レンは蜂蜜色の頭をぽんぽんと撫《な》でた。

「俺が帰ったら、いっしょに空気を読む練習をしような？」

「ベネさんはあえて読んでないんだよー……でもさ、約束だよ？」

「ああ」

ベネは小指をたてる。それに、レンは同じ指を絡めた。

子供のように、二人は手を上下させる。

固く、ベネとレンは約束を結んだ。

「絶対、帰ってきてね」

「わかってる」

もう一度頭を撫でて、レンはベネの耳の後ろをくすぐった。それから彼女の下を離れる。

ディレイに向けて、彼は歩いていった。

インバネスコートを揺らして、ディレイはスッと片手をあげる。レンも応えて、腕を掲げた。パァンッと音も高らかに、二人は掌《てのひら》をぶつける。そのまま、手を握りあった。

レンに視線は向けることなく、ディレイは短く言う。

「死んだら処刑ですぞ」

「善処する」

前を向いたまま、レンも応えた。ぐっと一度力をこめた後、二人は手を放した。

最後まで、目はあわせない。これ以上の言葉も必要ない。そういうものだった。

そのまま、レンは歩いていく。

慌てて、アンネが追ってきた。

背後から、三人の視線を感じる。

だが、レンは振り向かなかった。未練と不安を払うためにも、彼はただ前に進む。

アンネが隣に並んだ。心配そうに、彼女はささやく。

「本当にいいのかい、少年？」

「なにが、だ？」

「君と、私だけで」

「ああ、いいんだ」

レンには確信があった。

今後、起きることに、三人を巻きこむわけにはいかない。

「……きっと、これから先は俺たちだけの物語だ」


禁書の持ち主を求める声明。

夢でくりかえされる妹の声。

隠されていた、家族の記憶。

『彼女』の決意のにじむ言葉。


『【今】だけは、私がどうにかしてみせるから』

組み立てられる絵はひとつだけだ。

本当は、もっと前からそのことをわかっていた。

だが、彼には直視する勇気がなかったのだ。

けれども、ディレイと兄の戦いを見て、ようやく、レンも自分の傷と向きあう覚悟を持てた。痛みは、呑《の》みこまなくてはならない。それが、どんなに辛《つら》くとも。

親友の咆哮《ほうこう》を聞きながら、彼は強烈な苦痛から逃げない覚悟を固めた。

だから、確信に満ちた声で、レンは言う。


「すべては、俺たちの過去から始まっていたんだ」

＊＊＊

昔、昔、美しい海辺に、小さな、閉鎖的な街がありました。

そこに、ある日、人魚姫のような少女が流れついたのです。


そうやって、すべての物語は美しく始まる。

レンのそれも同様だった。

だが、終わりが美しいものとは限らない。

街は、灰と錆《さび》になって失われた。
それを行ったのは、レンと妹のサーニャが海辺で見つけ、存在をかくまった禁書使いだ。
街を滅ぼしたあと、『彼女』は『ごめんね』とささやいた。つまり、レンの肉体が崩壊しなかった理由は、『彼女』がわざと街への攻撃に巻きこまなかったためだと推測ができる。

そして、『彼女』を助け、かくまったのは二人だ。

兄のレンと、妹のサーニャ。

妹のことを、レンはなんども夢に見た。それは、精神操作であると考えられる。
さらに、革命の主犯は、なぜか学園にかくまわれている禁書の所有者――『海辺の街を滅ぼした禁書使い』に、出てくるよう求めた。その存在を恨みに思うのは、『滅ぼされた街の住人』で、なおかつ『生存しているもの』だ。

そして、『彼女』をかくまった者は殺されなかった——その可能性が高い。つまり、

「当時、発見されなかっただけで……おまえも生きていた。そういうことだろう？」


最後の柱の前に、レンとアンネは立つ。

学園の裏口前には、死体が散っていた。


生徒会のメンバーが倒れている。『黒鴉《くろがらす》』所属の三年生の姿も確認ができた。

なぜ、彼らはここにいるのか。それは陽動のドードーを避《よ》けたためだろう。さらに裏口こそが本命だと見極めたのだ。その結果——彼らは敵の主犯と戦い、腹を切り裂かれた。

あたりには、内臓がぶちまけられている。腸が地を這《は》い、心臓が転がっていた。

アマリリサの同級生である、『大鴉』の面々の死体はないことだけが救いだった。おそらく、上級生にかばわれ、後輩たちは無事に逃げたのだろう。

レンは確かめる。

多くが殺された。

残忍に。

残酷に。

無慈悲に、それを為《な》した者。

革命と魔導戦争の主犯に、レンは言う。

「なぁ、そうだろ、サーニャ？」

「うん、そうだよ、お兄ちゃん」

純白のローブを羽織った、少女が振り返る。

重い疲労と影を背負い、彼女はほほ笑んだ。

殺した生徒たちの、
血にまみれた姿で。

CHARACTER.2

サーニャ

サーニャ。ただのサーニャである。
海辺の街が焼却され、
大魔術師に拾われて以来、
苗字は失われた。
その目には光がなく、その口元には
歪な笑み以外は浮かばない。
かつて、『人魚姫』を拾って以来、
その運命は狂い続けた。
兄が好きで、父と母のことを
心より恐れながらも、
いつか優しい二人に戻ることを信じていた。
そして、助けた『人魚姫』のことも慕ってしまった。
哀れな少女である。

The Forbidden Girl of Grimoire Academy

魔導書学園の
禁書少女2

第十三章　仇と真実

「会いたかったよ、お兄ちゃん……ずっと、ずっと、会いたかった」

「俺も、会いたかったよ、サーニャ……ずっと会いたかった。ただ」

記憶の姿よりも、妹は育っている。彼女は美しく、可憐《かれん》な少女に成長していた。

渇望していた人の前で、レンは一度目を閉じる。

まぶたを開いても、広がる光景に変わりはない。

地面の上には、艶《あで》やかな内臓が散っている。複数の人間が凄惨に殺されていた。それに、『小鳩《こばと》』は守られたがあくまでも特例だ。学園内には多くの被害者もでていることだろう。

その全てが、血まみれの彼女のせいだった。

レンの妹の。

サーニャの。

この学園を襲撃した、主犯の。

＊＊＊

「聞きたいこともたくさんある……だが、その前に言わなきゃならないことがあるんだ」

「なに、お兄ちゃん？　言ってみて」

「監獄の罪人の解放と使役は、関係者の助力がなければ不可能だ。おまえは、誰か権力者の力を借りて……街を滅ぼした禁書使いを、俺たちの仇《かたき》を殺そうとしている。そのために、『彼女』が潜伏している学園に攻めこんだ……違うか？」

「おおむね、合ってるかな。ちょっと、違うけどね。権力も実力もある大魔法使いが後ろについてるのは本当。そこは、当てられると思わなかったなぁ」

さすが、お兄ちゃんだね。

のんびりとした口調で、サーニャは言う。血まみれの場所で、彼女の口調は浮いていた。一枚の薄皮を現実と挟んでいるような違和感がある。夢見るようにサーニャは立っていた。うるんだ瞳を見つめ、レンは続ける。

「もうやめるんだ、サーニャ」

「どうして？」

「無関係の生徒が大勢死んでる……それに」

一度、レンは口を閉じた。

この先を語るのは傷口をこじ開けるような行為だった。カサブタを剝《は》ぎ塩をすりこむのだ。強烈な痛みが走るだろう。苦痛は魂すら削る。それでも、やらなければならなかった。

レンは息を吸いこむ。

だが、言葉にする前に、アンネがそれを止めた。彼女はレンのローブをつかむ。

「少年、やめておくんだ。君はなにも思い出さなくていい」

「とめないでくれ、アンネ。全部を全部、思い出せたわけじゃない。それでも、おまえがたどり着いただろう推測には、俺も気がついているんだ」

今まで、ずっとそれから逃げてきた。だが、走っても、走っても、過去がなくなるわけではない。暗闇は、足元で口を開け続けている。いつかは、奈落に落ちるだろう。ならば、もう、目は逸《そ》らせない。

そう、レンは言いきる。

そっと、アンネは手を離した。なんどか、彼女は口を開いては閉じる。アンネが悲しむことなど、なにもないはずだ。それなのに、泣きだしそうな顔で、彼女は首を横に振った。

「馬鹿だよ……君は」

アンネは優しい。

本当に、優しい。

心から、レンはそう思った。ずっと、アンネは彼のことを考えてくれていた。そして沈黙を選んだのだ。空っぽの人形だった彼にとって彼女と逢《あ》えたことは心からの喜びだった。

そう、相棒に感謝しながら、レンは口を開く。

「やっと、己と、真実と向きあう覚悟ができた」

彼はサーニャを見つめた。

過去に、二人は海辺で倒れている少女を見つけた。

人魚姫のような『彼女』は禁書使いだった。

やがて、『彼女』は街を滅ぼした。

レンには家族がいた。妹と両親が。

だが、その情報のいっさいを、ユグロ・レーリヤはレンには語らなかった。

そして、『虐待』に対する、レンの反応。

これら三つの事実から推測できる真実はひとつだけだ。

「街を滅ぼしたのは確かに禁書使いの少女だ。だが……」

ユグロ・レーリヤは、なにを隠したのか。
アンネ・クロウもまたなにを黙ったのか。
『彼女』はなにを思い出さなくていいと語ったのか。

「それを望んだのは、俺たちだったじゃないか」

レンと、サーニャ。
二人の兄妹がいた。

彼らこそが、海辺の街を滅ぼした犯人だったのだ。

＊＊＊

ありふれた話だ。
かわいそうな子供たちがいた。

かつて彼らの両親には優しいときもあったのだろう。リシェルの禁書の効果で見た笑顔が、それを証明している。だが、両親は理由なく歪《ゆが》んだ。あるいは理由はあったのかもしれないが兄妹には知るよしもない。兄と妹は気まぐれに幽閉され、心身を痛めつけられた。蠟燭《ろうそく》に革の鞭《むち》。助けのない日々。だが、ある日、久しぶりに許された海岸の散歩で、二人は行き倒れている少女を見つける。『彼女』は人魚姫のように美しかった。妹は言った。

――困っている人は助けてあげなくちゃ。

――私たちのことは、誰にも助けてもらえないから。

その先の詳細は曖昧だ。

だが、物語というものは、おしなべて単純なものだろう。

おそらく、兄妹は海辺の空き家のひとつにでも、少女をかくまったのだ。隙を見ては、彼らは食べ物や水を運び続けた。猫や犬を飼うような、他愛《たわい》のない、善良な行為だった。

だが、やがてそれは両親に見つかった。ドレス姿から、彼らは少女がどこか高貴な出の逃亡者だと判断し、もっと大きな街へ連絡を入れて懸賞金を得ようとした。兄妹はそれを止めようとした。そして、ひどく殴られた。殺されそうな暴力の末に、妹は思わず叫んだ。

――みんな、死んじゃえ。

そして禁書使いには望みを叶《かな》える力があった。
『彼女』は無垢《むく》に、サーニャの言葉を実行した。

結果、海辺の街は灰と錆《さび》に消え——兄妹だけが生き残った。

レーリヤとアンネは、生存者の受けていた虐待の事実と、禁書使いが一時かくまわれていた事実を結びつけた。そして、レーリヤは家族の記憶を隠した。アンネは推測を伏せた。

二人ともがレンのために。
それこそが、真実だった。

レンの仇は、レン自身だったのだ。

＊＊＊

「……確かに、私たちが望んだわ。でも、あんなことになるなんて思わなかった！　あの子のせいよ！　あの子のせいなのよ！　私のせいじゃない、あの子のせいなんだぁッ！」

急に、サーニャは悲痛な声をだした。彼女のまとっていた、夢見るようなぼんやりとした空気は霧散する。サーニャは地面をなんども踏みつけた。幼子のように、彼女は暴れる。

「あの子のせいよ！　あの子のせい！　あの子の、あの子の、あの子のせいだぁあっ！」

その奥底には、今にも壊れてしまいそうな苦悩が覗《のぞ》いていた。

ああと、レンは思った。

サーニャは怨《うら》むしかなかったのだ。

望みを歪んだ形で叶えた者を怨み、呪い、憎悪しなければ、生きてこれなかった。己の罪に耐えきれなかった。だから、彼女はかつて助けた少女を殺すために、ここにいるのだ。

さらに、サーニャは続けた。

「あの子があんなことをしなければ、私とお兄ちゃんも離れ離れにされなかった！　私も『こんなふうに』はされなかった！　全部、全部、あの子のせいなんだぁああああっ！」

サーニャの言葉から、レンは残る疑問を掬《すく》いあげた。

（そう、なぜ。）

ユグロ・レーリヤを始めとする調査隊が現れたとき、サーニャはいなかったのか。

レンの所有する本はなぜ漂白され、人格を破壊されたのか。それらはわからない。

そして、もうひとつだけ、
わからないことがあった。

「次はアンネだ……語ってくれないか？」

「なにを、少年」

「俺に、おまえは『なにがあっても自分を信じてくれるか』と尋ねた……おまえも知ってるんだろう？　俺たちの助けた人魚姫……街を滅ぼした少女のことを」

アンネは顔を青ざめさせる。だが、彼女は逃げはしなかった。その場に踏みとどまって、アンネはレンの言葉を聞く。断罪を待つかのように、彼女は目を閉じた。

ようしゃなく、レンは問いかける。

まるで、その顔に断頭斧《おの》を振り下ろすように。

「俺が助けた少女の名は『アンネ』……銀髪に紅《あか》い目をしていた。おまえとまるで同じだ」

そう、レンとサーニャが助けた少女はアンネと鏡写しのごとき顔と姿をしていた。美しいが、凄惨に破かれたような印象を抱かせるドレスも着ていた。名も見た目も同じだった。

いったい、どういうことなのか。

「それはね、少年」

アンネは片腕をあげる。彼女は虚空を指さした。

なんだと、レンは目を細める。アンネは続けた。

「『彼女』が、答えると思うよ」

そこに、銀の少女が着地した。

＊＊＊

レンは目を見開く。

上の階から、『彼女』は跳んできたのだ。

銀髪が揺れ、紅い目がまたたく。やはり『彼女』はアンネと生き写しだ。ただ、よく見ればドレスの色だけが白と黒で反転していた。それは白鳥と黒鳥のような違いにも思える。

大きな鍵を、『彼女』は振りあげた。

その先にはサーニャが立っている。

レンは思い出した。瓦礫《がれき》の間に、彼が倒れていたときのことだ。

――――【今】だけは、私がどうにかしてみせるから。

そう、『彼女』は約束したのだ。

そして、今、ここに来た理由を『彼女』は語る。

「やっと、監視の魔法使いをもう一度振りきることができました……レンとサーニャの兄妹を戦わせるわけにはいきません……これは全部、私の罪の結果だからです。だから、今だけは私がすべてを止めてみせます！」

「来ましたね、やっと、来ましたね！　『アンネえええええええええええええええええ』！」

歪んだ喜悦のにじむ声で、サーニャは叫んだ。彼女は白いローブを翻す。

片腕を無意味に突き上げて、サーニャは高らかに宣言した。

「――――開示！」

一方で、『アンネ』は鍵を投げた。落下したその先端で、『彼女』は己の胸を挿し貫く。花のごとく、鮮やかに血が弾けた。肉をひき千切る音をたてて、『彼女』は鍵を回す。

「――――開示」

両者の本棚が開かれた。

片方には百を超える大量の本が、
もう片方には禁書が並んでいる。

そして、

華麗に、

過激に、

最後の魔術戦は開始された。

TIPS.6

海辺の街

『無限図書館』にも、その学術都市にも属さない、
辺境の、寂れた小さな街。
閉鎖的で、隣人の醜聞を知りつつも干渉はしない場所。
レン達への虐待の事実を把握しつつも、
助ける大人はここにはいなかった。

大魔法使いに白紙化される前から、レンは魔術師ではあったが、
本の数は少なく、代わりとなる希少性も低く、
『無限図書館』への入学は叶わない程度だったものと推測される。

魔術優先の社会において、その事実が両親の心を歪めたのか。
なにが悪かったのか。なにがいけなかったのか。
もう、本当に元の優しい両親には戻らなかったのか。
その事実を知る者は、応えてくれる者は世界にはいない。

第十四章　『禁書少女』

「アンタさえいなければ！」

そう、サーニャは叫んだ。己の本を手にとりながらも、彼女は詠唱をつむぎはしなかった。多大な隙を見せながら、サーニャは怨みをぶちまけていく。

「アンタさえ、街へ逃げてこなければ！　自分の『運命』に大人しく従ってさえいれば、」

一方で『アンネ』のほうは攻めあぐねていた。鍵を振るいはするものの、その斬撃には鋭さがない。攻撃はすべて避《よ》けられる。苦しげな顔で『彼女』はサーニャの憎悪を聞いた。

「そうすれば、私が『アイツ』に捕まることだってなかったのにぃっ！」

「そう……すべては、私が『正義の味方』でいられなかったせいですね」

『アンネ』は、後悔のにじむ声で言う。サーニャの言葉が、『彼女』には杭《くい》のように刺さったらしい。完全に、『アンネ』は足を止めた。その様をながめ、サーニャは歪《いびつ》に笑った。

高らかに、サーニャの詠唱がひびいた。

「『裂けよ！　裂けよ、裂けよ！　殺人鬼は謳《うた》う。高らかに！　爆《は》ぜよ、爆ぜよ、爆ぜよ！　人の一生など夢のようなものだ！』」

「溝く「?螳医k縺薙→繧呈悍繧?繝ょ?縺ｧ縺ｮ螳ｶ縺吶k閏?。繧峨?ょ､ｧ蛻?→閏?◆縺｡繧」

『アンネ』が禁書を読み上げる。

漆黒の盾が、サーニャの斬撃と激突した。回転する鎌を、黒は食べるように呑《の》んでいく。

レンは吐き気に襲われた。

禁書に対して嫌悪を覚えた――わけではない。サーニャの使用する魔法の性質を確認したためだ。まちがいない。これらの物語を使用して、サーニャは生徒会のメンバーや『黒《くろ》鴉《がらす》』の生徒の腹を裂いたのだ。両親のもとにいたとき、彼女はこんな物語など持っていなかったはずだ。どこかで、サーニャはこれらの本を手に入れたか、詰めこまれたのだろう。

人を、殺すためだけに。

恐ろしい現実に、レンは目まいを覚えた。

そして、それは『アンネ』も同じようだった。

悲鳴をあげるかのごとく、『彼女』は尋ねる。

「どうして、無関係な生徒たちまで殺したんですか！　あなたは優しい子だったのに！」

「コッチはアンタさえ殺せれば、どれほどの犠牲をだしてもいいって言われてるんですよ！　あの海辺の街で、アンタが私たちを置いて姿を消した後、現れた大魔法使いが、そう望んでるんですよ！」

どくんと、レンは心臓が跳ねるのを覚えた。

そう、調査隊が訪れたさい、レンの本はすでに漂白され、人格は破壊されていた。だが、言動からして、『アンネ』がそんな非道を犯したとは考え難《にく》い。


ならば、街を滅ぼした犯人と、レンの記憶と魂を奪った犯人は別にいるのだ。

つまり調査隊の到着前に、現場にはもう一人、誰かが訪れていたことになる。


今、サーニャの持たされている物語の性質から判断するに。

おそらく、ソレは最悪な人物だったのだ。


その者はレンの記憶を消去し、サーニャを連れ去った。

そして、今、彼女を学園に侵入させ、『アンネ』と戦わせている。『図書監獄』にサーニャをバレずに侵入させた手口からも、相手はそうとうな大魔法使いであると推測ができた。


(もしかして……これは代理戦争なのか？)

その可能性に、レンは不意に気がついた。

サーニャ側の大魔法使い――禁書使いの実在を知り、破壊された海辺の街にいち早く駆けつけた。そして、生存者の一人から記憶を消去、もう一人を対禁書使い用の駒として回収した。やがて、別の大魔法使いが学園に禁書使い――『アンネ』を潜伏させていることを知り、叩《たた》き潰《つぶ》すことを決意。革命と称して、サーニャに襲撃事件を起こさせた。

『アンネ』側の大魔法使い――海辺の街を破壊後、おそらくサーニャに拒絶され、一人逃亡中の『アンネ』を捕獲――だが、罪に問うことなく、書類を改竄《かいざん》し、学園に駒としてかくまった。襲撃事件が起きても『アンネ』のことを隠そうとした。だが、『彼女』は監視の目を逃れ、事態を収めるべく、サーニャの前に姿を見せた。

おそらく、サーニャ側の大魔法使いと、アンネ側の大魔法使いは仲が悪い。

これは、それぞれの駒を使って、相手の重要な駒をとるための戦いだった。

キングはサーニャと、『アンネ』のひとつずつ。

あとは、生徒の誰も彼もが、ポーンにすぎない。

魔導戦争は、そんな盤上の戦いでもあったのだ。

＊＊＊

「……ふざけるなよ」

レンはつぶやいた。二人の大魔法使いの勢力の削りあい。そんなことのために多くが犠牲になったのだ。サーニャたちも生徒もチェスの駒ではない。そう、レンは怒りを覚える。

真の、絶対悪は別に存在した。

だが、彼の前では戦いが続く。

「『裂けよ！』」

「謨」纆鯉〟」

二人の攻防はくりかえされる。

正確には『アンネ』は本気をだしていなかった。おそらく、だせないのだ。

『彼女』が本当の実力を発揮すれば、サーニャは簡単に死んでしまう。リシェルとアンネの戦いと同じだった。強すぎるがゆえに、『アンネ』は全力をふるえないのだ。それを見越したうえで――レンを白紙化した――大魔法使いはサーニャを攫《さら》い、駒としたのだろう。

「『墓掘り人は穴を掘る。自らの殺した人間を埋めるために。頭を潰した死体を隠すために。口笛を吹きながら、穴を掘る』」

「髀。縺ｪ繧医≫縺ｨ邁ｻ√?縺ゅ→縺流ｒ譏?縺励?∵拠繧?」

攻撃と防衛が、反復する。

決してそれは終わらない。

そのとき、アンネが言った。

「そろそろ介入しようか、少年。二人を止めよう」

「……アンネ」

「そうしなければ、いつかは攻防のバランスが崩れて、どちらかが死にかねない。君は妹を止めるんだ。私は――」

アンネは、『アンネ』を見る。

白と黒が反転しただけの少女。

『彼女』を目に映して、アンネは言った。

「『もう一人の私』を止めるよ」

＊＊＊

「『もう一人の、私』？」

「うん……正確には、『正義の味方としての使命を果たさずに逃げ、無様にも生きながらえようとした私』、だね」

厳しい口調で、アンネは語る。その横顔には、今までに見たことのないほどの険しい表情が浮かべられていた。彼女が決して他人へは向けない、おそらく自分にだけ向ける顔だ。

なにひとつとして、レンには意味がわからなかった。混乱しながら、彼はたずねる。

「なにを言って……」

「少年、君は『禁書少女の最終目標』を聞いていたね——教えてあげるよ」

今かと、レンは言いたかった。

よりにもよって、今なのかと。

だが、他の時では駄目なのだろう。そう、彼は気がついてもいた。レンが戦いを通して、過去と向きあう決意をようやく固めたように。『アンネ』を、『もう一人の自分』を前にしているからこそ、彼女は言葉をつむぐのだ。自分に刃《やいば》を突きたてるように、語るのだった。

壮絶な苦痛を前に、アンネは笑った。

寂しげに唇を歪《ゆが》め、彼女は告白する。

「私たちの最終目標はね——『個人が所有できる限界数の禁書を集め、自害し、この世から抹消すること』——つまり、命を使った焚書なのさ」

自害。

命を使った焚書。

その、衝撃的な言葉を、レンは脳内で転がす。

同時に、彼はアンネの表情を思い出していた。

ベネたちの大騒ぎを見るときだ。

まぶしそうに彼女は笑っていた。

まるで自分の決して入れない、遠いなにかを眺めるように。

とうぜんだった。

つまりアンネは。

「おまえは……死ぬために、禁書を集めていたのか」

「そう。それこそが正義の味方の運命。そして、私たちを創りだした一族の決めごとさ」

「創り、だした」

「『私の前の少女』は目前に迫った死を恐れて逃げだし、君に拾われて破壊を起こした……だから、『次の』私が創られたんだ」

呆然《ぼうぜん》と、レンは思う。

本に刻まれた物語は実にさまざまな効果を発揮する。数はごく少数であり大衆には伏せられているが、人体錬成の大魔法もあることだろう。それを使い、創りだされた少女たち。

禁書を集めるためだけに、存在する少女。

『禁書少女』

それこそが、アンネだったのだ。

ふざけるなよと、レンは強く思う。

なんども、なんども、くりかえし。

ふざけるなふざけるな。ふざけるなと。

その前で、アンネは小さくつぶやいた。

「気持ち悪いだろ、少年。君は人間だ……でも、私はそうじゃなかった。人魚姫とは言いえて妙だよ。私たちは君らとは異なる生き物なんだから」

自嘲するようにアンネは口元をひきつらせた。その声の奥底にはどこかすがるようなひびきもある。置いて行かれた子供のように彼女は虚空を眺めた。アンネはぽつりと続ける。

「それでも、相棒として、信じて欲しいなんて、私は……」

「黙れよ」

「ごめん」

高望みだったね、とアンネはつぶやく。

問答無用で、レンは腕を伸ばした。アンネは目を閉じる。

乱暴にレンは手を動かした。

細い体を、彼は抱きしめる。

アンネは柔らかい。そして震えている。頼りない背中に腕を添えて、レンは必死に彼女を包みこんだ。体温が伝わるように。アンネの気持ちを少しでも落ち着かせられるように。

数秒間、沈黙が流れた。不思議そうに、アンネはつぶやく。

「少年？」

「……気持ち悪いわけないだろ」

声はかすれた。

胸が、焼ける。

目の奥が熱い。

涙があふれる。

それでも、必死に泣くのをこらえて、レンは大声をだした。

「なに考えてんだ、おまえ。ふっざけるなよ、おまえ。ほんっとに、なに考えてんだ！ そんなわけがあるか！ どうして、そんなことで、俺がおまえを嫌いになるんだよ！ おまえは、俺をなんだと思ってんだ！　馬鹿、この大馬鹿が！　なんにもわかってねぇ！」

「……レン」

「アンネは、俺の相棒だろうが！」

「うん……そうだね。そうだった」

恐る恐る、アンネはレンの背中に腕を回す。レンが強く抱きしめると彼女はそれに応えた。離れないように二人は抱きあう。レンはアンネの、アンネはレンの肩に顔をうずめた。

そう、あの晴れた日。

二人は出会ったのだ。

それから二人はずっといっしょだ。

病めるときも、健やかなるときも。

二人は、ともにここまで来た。
そしてこれからもともにある。

今も、ともにここにあった。

「戦いを止めよう」
「ああ、俺たちで」
力強く、アンネとレンは言う。抱擁をとき、彼らは笑いあった。そして、アンネは鍵を取りだし、放り投げた。レンはまぶたを閉じ、開いた。胸に挿さった鍵を、アンネは回す。

「「――――開示」」

相棒たちの声は、重なった。
高らかにそれはひびき渡る。

そして、異能と、禁書。
ふたつの本棚が現れた。

CHARACTER.3

『アンネ』

レンの海辺で助けた『人魚姫』。

災厄の元凶、街を消した大罪人。

アンネと同じ、造られし『禁書少女』。

正義の味方として

死ぬべきだった娘。

そして、それに耐えられなかった子供。

逃げ続けた先で、彼女は愛を知った。

ただ、――――それだけだったのだ。

The Forbidden Girl of Grimoire Academy

第十五章　相棒たちの死闘

キィンッと、高い音が鳴った。

巨大な鍵と鍵がぶつかりあう。

『アンネ』に、アンネが切りかかったのだ。

鋭い斬撃を、黒いドレスの少女はこともなく受けとめた。サーニャから、『アンネ』は距離を空ける。自分とほぼ同じ白いドレスの少女へと、黒いドレスの少女は向きなおった。

『彼女』は眉根を寄せる。

「なんのつもりですか、『私』？」

「『私』の相手は私がするよ！　そう、相棒と決めたものでね！」

明るい声で、アンネは告げた。

大きく、『アンネ』は目を見開く。『彼女』は振り向いた。

サーニャの前にはレンが立っている。海辺で自分を助けてくれた少年。唯一『彼女』が

『君』と呼び、敬語を使わなかった相手。その育った姿を、『アンネ』は紅《あか》い目に映した。

ゆっくりと、その瞳がうるんでいく。

「……レン。そう、ですか。そちらの『私』は、一人ではないのですね」

「そうとも、私には相棒がいるのさ！」

アンネは胸を張った。

確かな信頼とともに、彼女はその言葉を口にする。アンネは一人ではない。それは死ぬための存在である『禁書少女』が、本来得るはずもなかった、輝かしい人生を送った証《あかし》だ。

『アンネ』はほほ笑む。悲しげで、それでいて祝福をするような表情に見えた。だが、一転して、『彼女』は鍵を強くつかんだ。低く、『アンネ』は吐血をするような告白を行う。

「殺したいほどに、うらやましいです」

「そのいきさ。お互いに、もっと『個』をだしていこうじゃないか」

お茶目《ちゃめ》に、アンネは片目をつむった。

だが、『アンネ』は首を横に振った。悲しげに、『彼女』はささやく。

「それでも『私たち』は『禁書少女』であることを止《や》められない。逃げたところで『私』を欲しがる人間が現れました。しょせん、どこまでもどこまでも運命は追ってくるのです」

「そうだね、いつか私も運命に追いつかれるだろう。だけどね、今は笑って戦うんだ」

――――相棒のために。

そう、アンネは誇らしく語る。


『アンネ』はうなずく。

『彼女』は一人きりだ。


それでも――だからこそ、鍵を構える。サーニャを止められるのは、自分だけだ。そう、思っているからこそ。目の前の『自分』を排除してでも、戦うと決めているからこそ。

「なら、遠慮はいりませんね？」

「ああ、君の全力で、おいで！」

二人は見つめあい、
ゆっくりと、笑う。

そして、

「遘〈「◆縺。縺ッ遐ェ螢翫☆繧具〈ジ」

「遘〈「◆縺。縺檎?ェ螢翫☆繧具〈ジ」

ほぼ同一といえる詠唱がひびいた。

禁書少女たちの戦いは開始される。

華麗に。

過激に。

＊＊＊

「……なんのつもり、お兄ちゃん？」

「俺は、おまえを、止めにきたんだ」

一方で、レンはサーニャを前にしていた。

「おまえを救うためにも、止めたいんだ」

嚙《か》みしめるように彼はその言葉を口にする。これでサーニャが止まってくれれば言うことはない。だが、悲しそうに彼女は首を横に振った。歪《いびつ》に、サーニャは唇を痙攣《けいれん》させる。

「ごめんね、無理、お兄ちゃん。『アンネ』を殺さなきゃ。殺せるまで、私は止まれない！　私は『アンネ』が憎いっ！　それに、そうやって、『アイツ』に躾《しつ》けられてるんだ」

「そっか」

「だからどいて、お兄ちゃん！」

サーニャは本を開く。だが、レンは自身の異能の本を開きはしなかった。

妹の相手をするにあたって、重大な問題がひとつあった。

彼女のつむぐ物語は、あまりに殺傷能力が高すぎるのだ。

（増幅して返せば、確実にサーニャは死ぬ）

それは、レンの望むところではなかった。

彼の考えは、読まれているらしい。にやりと笑って、サーニャは言った。

「知ってるよぉ。お兄ちゃんは、ユグロ・レーリヤに凄《すご》い強い異能をもらったんでしょ？」

「……バレてるのか」

「リシェル・ハイドボーンの謎の途中退学とそれまでの経緯からの推察だって。『アイツ』に聞かされてた。だから、私、お兄ちゃんはザコに殺されることはないだろうって安心してたんだよ。それで、一目でも会えればいいなって思って、学園に来たんだ」

「だから、夢で俺を呼んだのか」

――お兄ちゃん。

――会いたいよ、お兄ちゃん。

すがるような声を、レンは思い出す。

すなおに、サーニャはうなずいた。だが、彼女はがらりと表情を変える。肉食の獣のように、サーニャは醜く鼻づらを歪《ゆが》めた。あざけりを混ぜた声で、彼女は言い放つ。

「でも、私、お兄ちゃんに殺される予定はないんだぁ」

「俺だって、おまえを殺す予定なんてない」

「アハッ、嬉《うれ》しい！　それじゃあ、四肢を切りとって持ち帰ってあげるね！　大丈夫、無効化すれば『アイツ』もきっと飼っていいって言うから……」

サーニャの残酷な言葉を、レンは悲しく聞いた。

妹は歪み果てていた。今、ディレイの後悔が、彼には痛いほど理解ができた。かつての幼さを言いわけにはできない。こうなったのは、すべて自分のせいだ。己の罪は重すぎる。心臓が潰れそうに思えた。妹の残酷な変化が、レンにはあまりにも耐え難く、辛《つら》かった。

(こうなるまえに、俺がおまえを救えればよかった)

救いあれ。

どうか、救いあれと。

そう、サーニャも願っていただろうに。

(だが、時間は戻せない)

起きたことをなかったことにはできない。

歪み果てたものは戻せないかもしれない。

――――それでも。

「俺がおまえを止めてみせる！」

「ハハハッ、やれるもんなら！」

サーニャは哄笑《こうしょう》する。彼女は本を構えた。すばやく、ページがめくられる。

人を殺傷することだけに特化した――異質な物語が響いた。

「『肉切り屋はまず足を切る。二つにわけて、台に置く。ひとつはスープで、ひとつは煮こみ。ああ、明日が楽しみだ』」

「……ッ！」

宣言どおり、サーニャは足を狙ってきた。

虚空に二つの刃《やいば》が生じる。

それは猛烈な回転をしながら迫ってきた。

ひとつを、レンは跳んで避《よ》けた。もうひとつは足をひねり、危うくかわす。そして走った。予想どおり、二つは追撃してくる。レンは足を止めた。ある地点で、彼は拳を握る。

（――――ココ！）

ぐっと、彼は体を反らせた。同じ箇所を狙ってきた刃が、空中でぶつかりあう。

互いの威力で、それは消滅した。レンは汗をぬぐう。サーニャは口笛を吹いた。

「やるねぇ、お兄ちゃん。じゃあ、次、いきましょうね。『ある町医者がいた――』」

「くっ！」

ふたたび、レンは力強く地面を蹴る。

拷問めいた戦いに終わりはなかった。

＊＊＊

「溝√◆縺｡縺ｯ譎ｲ縺励∩繧偵▽繧?縺舌?ょｵ繧医･j繧よｷｱ縺」

「溝√◆縺｡縺ｯ蜩?繧後∩繧偵▽繧?縺舌?らｩｺ繧医･j繧るｫ倥￥」

互いに、似た物語が炸裂《さくれつ》する。

肉を削るような不気味な動きで、黒い渦と波は食いあった。ほどなく、二つは消滅する。

アンネと『アンネ』は向きあった。黒と白は、ふたたび禁書を読み上げる。

「縺ｨ縺ｯ繧翫ｈ繝?ｳｴ縺代?ょ?縺阪〒邀ｺ繧貞牡繧」

「縺ｨ縺ｯ繧翫ｈ繝ｻ：･ｹ」縺代?ょ?縺阪〒蝨ｰ繧貞牡繧」

詠唱速度は同一。

威力も、同一。

声さえ同じだ。

ふたたび、黒と黒が食いあう。今度は蠅《はえ》の群れが別の群れを飲むように、それは混ざりあって消えた。あとにはなにも残らない。少し血腥《ちなまぐさ》いが、気持ちのいい風さえ吹いている。

沈黙が落ちた。

それを破って、『アンネ』はアンネに問うた。

「……気づいていますか、『私』？」

「なにが言いたいのかな、『私』？」

アンネは首をかしげる。『アンネ』は首を横に振った。

どこか疲れた声で、『彼女』は言う。

「私とサーニャの戦い以上に、『私たち』の戦いは不毛です。自分と戦ったところで、鏡を相手にするようなもの。このままでは絶対に決着はつきません」

「おや、私はそうは思わないけれどね」

飄々《ひょうひょう》とアンネが答える。『アンネ』は呆《あき》れた顔をした。

試しに、というかのごとく、『彼女』は詠唱を放った。

「「豕」縺榊繭縺托ｼ」

「「豕」縺榊将縺ｹ?」

自分に不意打ちは通用しない。今度は錆《さび》と灰が侵食しあうような変化が起きた。まず二つの不定形の波はぶつかり塊となった。そこから無数の腕が伸び、ボロボロと崩れていく。

醜い結果を、『アンネ』は醒《さ》めた目で眺めた。やはり不毛だと、『彼女』は首を横に振る。

「……ほら、ね」

「……でも、さ」

『アンネ』が言う。

アンネが応える。

お茶目《ちゃめ》に、彼女は片目をつむった。

「私には相棒がいるから、ね」

＊＊＊

「アハハッ、お兄ちゃん！　どうしたの、お兄ちゃん！」

「………ッ、ウ」

高らかに、サーニャの笑い声が響く。

その前で、レンは満身創痍《まんしんそうい》だった。

ローブと制服は、すでにズタズタに裂けている。中からは深い傷が覗《のぞ》いていた。

そこからは、少なくない量の血が溢《あふ》れている。治療魔術で回復可能な程度ではあった。

だが、痛みは動きを鈍らせるものだ。もう、いつ手足を切り落とされてもおかしくはない。

サーニャは掌を打ちあわせた。蝶《ちょう》の羽根をむしる子供のような調子で、彼女は嘲る。

「そんなんで！　そんなんで私を止めるって言ったの⁉　救いたいなんてぬかしたのぉ⁉

バッカみたい！　どーせ、なんにもできないくせに！」

「……そう、だな」

苦しげに、レンは声を絞りだす。

楽しげに、サーニャは声を弾ませた。だが、真逆に、彼女は涙も零《こぼ》していく。

「助けてくれなかったくせに！　助けだしてくれなかったくせに！　私がこうなる前に、救ってくれなかったくせにいいいいいいいいいいいいいいいいいいいいいい！」

「ごめんな、サーニャ」

レンは謝る。彼は心からの想《おも》いをこめた。届けと、レンは願う。欠片《かけら》だけでもいい。妹に届いてくれと。だが、奇跡は起こらない。泣きながら、サーニャは新たな物語を唱える。

「『処刑執行人は刃を研ぐ。断頭台で落とされた頭が、死んだことを気づかないように』」

徐々に、その狙いは怪しくなっていた。

四肢を落とすとサーニャは言っていた。それなのに、彼女はレンの頭を切断しようとする。断頭台の刃だけが真横から飛んできた。風を裂き、それは猛烈な速度で彼の首を狙う。

ほぼ勘だけを頼りに、レンは倒れこむ勢いで刃をかわした。

ツゥッと、紅《あか》い線が危うく首に浮かぶ。

それを見た瞬間、サーニャは激しく動揺した。レンは気がつく。どうやら、サーニャ自身にも、己の制御はできていないらしい。ローブを崩して、彼女は髪を左右に振り乱した。

「いやだ、いやだぁ……このままだとお兄ちゃんを殺しちゃう。そんなのいやだよぅ」

「……サーニャ」

「止めて！　私を止めてよ！　できないくせに、止めてみせてよ、お兄ちゃん！　アハハハハハハハハハハハハハハハハハハハハハハハハハッ――――『死の槌《つち》は頭を割る』」

止めてと乞いながら、サーニャは詠唱をする。

涙を流し、彼女は笑う。

もう、めちゃくちゃだ。

空中から巨大な槌が振り下ろされる。ソレは肉叩《たた》きによく似た造りをしていた。レンを潰そうと一打が迫る。だが狙いは甘い。後ろに下がることで、彼はそれをなんなく避けた。

そして、レンは約束する。

「大丈夫、止めてみせるよ」

「嘘《うそ》つき、嘘つきぃ。嘘ばっかり。嘘、うそ、うそ、この嘘つき！　それでも……助けて」

「だって、俺には」

そして、レンはまっすぐにサーニャを見る。

一切の不安もためらいもなく、彼は告げた。

「相棒がいるからさ」

＊＊＊

二つの戦場は同時に動いた。

レンは振り向く。アンネも振り向く。

互いに向かって、二人は走りだした。

レンは手を横にだす。アンネも応える。

パァンッと、二人は手を打ちあわせた。

そのまま、すれ違う。

「えっ？」

「うそっ」


レンは『アンネ』に。

アンネはサーニャに。

相手を交換して、二人は向かった。

『アンネ』はためらった。サーニャと同様に、自分を助けてくれたレンに禁書は使えない。本を手に、彼女は立ちつくす。

サーニャは混乱した。アンネは確実に禁書を使うだろう。そうすれば、今度こそ彼女はおしまいだ。死を前に、サーニャは硬直する。

この瞬間、二名には絶対的な隙が生まれた。

そして、

レンは、

アンネは、

拳で、

鍵で、

思いっきり、相手を殴り倒した。

第十六章　一人じゃない

卓越した魔術師同士の戦いは、
ときに、思わぬまぬけな要素で幕を引くことがある。

今回がそうだった。


禁書でも、物語ですらなく。

二人の一打で幕は引かれた。

＊＊＊

「…………うっ、あ」

「ぐっ…………ううっ」

サーニャと『アンネ』は崩れ落ちた。

二人は動かない。動けないのだ。

それだけ、レンたちの一撃は強烈だった。悶絶《もんぜつ》する少女たちを、レンとアンネは本棚から離した。続けてアンネは『アンネ』の本棚に近づいた。並ぶ禁書に、彼女は手をかける。

どうやらひき抜くつもりのようだ。『禁書少女』として、回収しようというのだろう。

リシェルのときを思い出して、レンは尋ねた。

「おい、それを取ったら……アン……えっと、あの子の記憶は失われるんじゃ」

「いや、私たち、禁書少女は特別製だ。禁書の出し入れをしても、深刻な影響はないよ」

「そう、か」

「『彼女』からしたら、記憶を失いたかったかもしれないけどね」

アンネは言う。その口調に同情はなかった。『アンネ』への侮蔑になってしまうと、アンネは知っているのだろう。だが、そのひびきには隠しきれない切なさがにじんでもいた。

黒の『アンネ』を、レンも悲しく見つめる。

うっすらとした記憶だが、レンは『彼女』に敬語を使われるのを嫌がった。『アンネ』は困っていたが、最後には幼いレンのワガママを聞いてくれた。今のアンネとレンのような会話を、かつて二人には交わしたときもあったのだ。だが、もう、時間は戻りはしない。

ぐったりしている『アンネ』とサーニャの前に二人は立った。

もぞりと、サーニャが動いた。抵抗するのかと思えば、そうではなかった。服の奥から、彼女は柱の鍵を取りだした。クッキーでも渡す子供のように、サーニャはそれをさしだす。

「はい、お兄ちゃん……他の柱、回ってきたんでしょ」

「……サーニャ」

「これで最後だよ……私を殺して、終わりにすればいい」

小さく、サーニャは笑った。はじめて会ったときのように、その声には深い疲労が覗《のぞ》いている。もう、彼女はすべてに疲れ果てているのだ。幼く、サーニャは手を上下に振った。

「ほら、受けとって。悪い妹で……ごめんね」

つぶやくように、彼女は謝った。兄へ告げる最後の言葉に、サーニャは謝罪を選ぶ。

それはあまりに、悲しいことだった。

彼女の前に、レンは座った。彼は鍵を受けとる。

「ああ、わかった」

そして彼はそれを地面へねじこんだ。

土を削りながら、鍵は見えなくなる。

ぱちぱちと、サーニャはまばたきをした。

「えっ、お兄ちゃん？」

「いらない」

「えっ？」

「鍵なんて、いらない。おまえの命を止めるものなんて、必要ない。知らなかったか？　おまえが悪い妹なら、俺は悪い兄貴なんだ」

ぎゅっと、レンはサーニャを抱きしめた。彼女は温かい。心臓の鼓動もする。生きている。妹が生きてくれている。

ここに、生きて存在してくれている。

その事実を確かめて、レンは言った。

「ずっと、抱きしめてやりたかった……ごめんな、サーニャ」

「……お兄ちゃん」

「会いたかったよ、サーニャ」

「私もだよ……私もだよ、お兄ちゃん。だから、夢でなんども、なんども、お兄ちゃんを呼んだよ。お兄ちゃんって、呼んだんだよ」

「そうか」

「うん」

大きく、サーニャはうなずいた。ぎゅうっと彼女はレンに抱きつく。息を吸って吐いて、サーニャは大粒の涙を落とした。キラキラと、それは宝石のように輝きながら落ちていく。

そして心から嬉《うれ》しそうに、彼女は言った。

「ああ、お兄ちゃんがサーニャに会いにきてくれた」

それだけで、もう、
私は幸せだったよ。

チクタク、チクタクと、音が響きだした。

それは、サーニャの胸の奥から聞こえる。

彼女の肩をつかみ、レンは一度押し離した。呆然《ぼうぜん》と、彼は彼女の胸元を見つめる。

それから、柱に視線を移した。ダーナムのときのことを、彼は思い出す。だが、そのときと今では決定的な違いがあった。鍵穴は空いたままなのだ。なにも挿さってなどいない。

鍵は回されてはいなかった。

それなのに。

「な、んで、」

「負けたのがね、『アイツ』にバレちゃったみたい……だから、お別れだね」

悲しくサーニャはつぶやく。

馬鹿なとレンは声をだした。


妹は生きていたのに。

やっと、会えたのに。

二人に、なれたのに。


ぎりりっと、レンは歯を噛《か》みしめた。奥歯が砕けた。血があふれる。

叫ぶように、彼は尋ねた。

「解除方法は⁉」

「ないよ……他の柱を回ってきて、知ってるでしょ」

チクタク、チクタク。

すぐに音は速くなる。

レンは目を閉じた。

ユグロ・レーリヤが煙草《たばこ》をふかす。明るく、アンネが笑う。生きて帰ってきてください
と、アマリリサが願う。つたなく、ベネが小指を結ぶ。パンッとディレイが掌《てのひら》をぶつける。

そう、帰らなければならなかった。必ず、生きて帰るからと、彼は誓ったのだ。

友人たちはその言葉を信じてくれた。レンは約束した。絶対に誓いは破れない。

——そして、

ふたたび、レンはサーニャを抱きしめた。

二度と離れないよう、彼は強く腕を回す。


「なら、離れない」

「おにいちゃん」

「俺も一緒にいくからな」

「うん、……ありがとう」

アンネ………お願い。

サーニャはささやいた。

その言葉を待っていたかのように、
二人のアンネは同時に動きだした。

＊＊＊

「ごめん、なさい」

「ごめんね、少年」

『アンネ』はサーニャに手を添えた。腕を伸ばして、妹は『彼女』に抱きかかえられる。

そのまま、二人は走りだした。

レンは腕を伸ばす。立ちあがって、彼は後を追おうとした。

瞬間、灼熱《しゃくねつ》が走った。

ハッとして、レンは足を見る。

そこには、アンネの足が重ねられ、鍵が突きたてられていた。

アンネは自分の足といっしょに、レンの足を鍵で貫いたのだ。

おそろしい痛みが走る。

そうして、アンネは無理やりレンを止めた。

見れば、その頬《ほお》には血が散っていた。紅《あか》く濡《ぬ》れ、アンネは壮絶な表情で告げる。

「絶対に、君を行かせないよ」

レンは目を見開く。アンネの意図を、彼は一瞬で察した。暴れれば、アンネの足もちぎれる恐れがある。これでは、レンはなりふりかまわず、動くことができない。それでも、

「サーニャ、サーニャアアアアアアアアアアッ！　アンネ、鍵を抜いてくれ！」

「駄目だ！　みんなと約束したんだ！　君を生きて帰すと！」

「くっそ、ふざけるなふざけるな、ふざけるなふざけるなふざけるな、ふざけるなあっ！」

叫びながら、レンは鍵を抜こうとこころみた。だが、アンネがそれを止める。血を流しながら、己も死にそうになりながらも、彼女はレンの後追いを阻止した。アンネは吼《ほ》える。

「私は君に生きていて欲しい！　私が死んだって生きていて欲しい！　これは私のワガママだっ！　嫌っても呪っても怨《うら》んでくれてもいい！　絶対に、君を行かせるものかっ！」

激しく、アンネは言い放った。どくどくと血を流しながら、彼女は鍵を押しこみ続ける。

ディレイの深い悲しみを、レンは思い知った。サーニャが遠い。手が届かない。二人の間にはまるで永遠のような　絶望的な距離があった。そのことが、こんなにも悔しくて、こんなにも辛《つら》くて、こんなにも悲しい。心臓を吐き出しそうな気持ちで、レンは叫んだ。

「教えてくれ、サーニャ！　『アイツ』って誰なんだ！　殺してやる！　絶対に、俺がソ

イツを殺してやるからっ！」

「……やだ、言わない」

「なん、で」

「お兄ちゃんが狙われちゃうから、言わないよ」

シーッと、サーニャは唇の前に指を立てた。

いたずらっぽく彼女は泣き笑いを浮かべる。

そこで、サーニャはあることに気がついたらしい。不思議そうに、彼女は首をかしげた。

自分を運ぶ『アンネ』を、サーニャは見あげる。

「私を捨てないと、そろそろ爆発するよ」

「いいえ、私も一緒に行きます」

「えっ」

サーニャは目を見開いた。本当に、予想外な言葉だったのだろう。彼女は顔を凍らせる。

前を見たまま『アンネ』は笑った。初めて『彼女』は歳《とし》相応なやわらかい表情を浮かべる。

「海辺の街で、友だちになりました……あなたと」

「……あっ」

海岸に、人魚姫が倒れている。

彼女を見つけて、助けると決めたのはサーニャだ。

瞬間的に、レンは思い出す。海辺を、三人でいっしょに歩いた時間を。潮風が流れる中に響く、少女たちの高い笑い声を。先を進む、サーニャと『アンネ』の、絡められた指を。

「私の、はじめての友だちでした」

「私、あなたを殺そうとしたのに」

呆然と、サーニャは言う。彼女は『アンネ』に殺意をぶつけた。すべて、おまえのせいだと言い放った。それでも、なにごともなかったかのように、『アンネ』は首をかしげる。

「だから、なんですか？」

「だからって……そんな、」

「私も、ずっとこうしたかった」

『アンネ』は言う。あなたを連れて逃げたかったのだと。

それは、きっと、あの海辺の街で。選択を誤る前から。

小さな街を、壊してしまった理由すらも、
とても大切な友だちがひどく泣いたから。

本当はずっと、ずっと、前に。

彼らは逃げるべきだったのだ。


レンと、サーニャ。

二人の子供がいた。


そこに人魚姫が来た。


その時、きっと。

幼い手を繋《つな》いで。


「……あり、がとう……あの、ね」

「はい」

「前みたいに、お姉ちゃんって呼んでもいい？」

「喜んで」

『アンネ』は言う。サーニャは笑う。

レンは前へ這《は》おうとする。肉がちぎれる。
アンネがレンを抱きしめる。行かないでと彼女は泣く。行かないで、行っちゃいやだと、
子供のようにくりかえす。血が流れる。行かないで、レン。だいすきだ。大好きなんだと。

だいすきだから、ひとりでおいていかないで。

その懇願に、レンは体から力が抜けるのを覚えた。また、彼は気がついてもいた。もう、
間にあわない。最後に、海辺の光景が、レンの目の前に蘇《よみがえ》る。蒼《あお》い波。少女たちの笑顔。
「アンネお姉ちゃん」
「ええ、サーニャ」

いつかのような、
二人の弾んだ声。
「私たち一人じゃないね」
「……はい、そうですね」

こうして、一人と一人は、
やっと二人になれたのだ。
アンネとサーニャの指が絡められる。
そして次の瞬間、
爆発が、起きた。

＊＊＊

誰かが。
誰かが叫んでいる。
めちゃくちゃに叫んで泣き続けている。
それが自分の声だと、レンは気がつく。

ふざけるなよ、ふざけるなよと。
それは、なんどもくりかえした。

同時に、彼は言葉を聞いた。

生きろ、生きるんだ、レン。
辛くても、生きるんだよ。

君なら、世界を変えられるから。

急に、現実にピントがあった。レンが暴れたせいだろう。彼女は血まみれになっていた。
それなのに、アンネの表情は痛みを感じさせない。彼の目を覗《のぞ》きこんで、彼女は言いきる。
「きっと、こんなことのない世界にできるから」

なにかを、言おうとして。
なにも形にならなかった。
ただ、名前だけが零《こぼ》れ落ちた。
「…………………………『アンネ』………………………………サーニャ」
ただ、レンは泣いた。
吼えるように、彼は泣き続けた。
それ以上、アンネもなにも言わなかった。彼女はレンを抱きしめる。
今にもちぎれそうな足をしながら、アンネは彼のことを支え続けた。
その腕の中で、レンはいくつもいくつも涙を落とした。
もう、取り戻せない、大切なものの名前を叫びながら。

＊＊＊

サーニャの死と同時に、柱は稼働をやめたらしい。

プツンと、結界は切れた。

外と中を隔てていた壁は消える。
とうとつに、学園は解放された。

どこかに隠れていた、鴉《からす》たちが飛びたつ。
黒い羽根が幕引きを教えるように散った。

夜が明ける。

長く続いた、悲劇の、魔導戦争は、
こうして終わりを告げたのだった。

エピローグ

多くが殺された。

多くが、死んだ。

だが、信じがたいことに、学園にはまた日常が戻った。

魔導書学園は敗者に厳しく、勝者に甘い。死んだ生徒たちのことは顧みられなどしなかった。変化といえば、アマギスが見直されたくらいのものだろう。今や、彼は『小鳩《こばと》』の生徒に大人気だ。無事に守られた『小鳩』の生徒は、欠けることなく元気にすごしている。

すべてのことが嘘《うそ》だったと語るような、平穏な日々が続いた。

だが、レンとアンネは、
その中に戻れなかった。

＊＊＊

「……そろそろだね」

「ああ」

アンネの言葉に、レンは応える。

森の中で、二人はユグロ・レーリヤの迎えの馬車を待っていた。

隠れて、彼らは移動をしている。サーニャを駒にしていた大魔法使いと、『アンネ』をかくまっていた大魔法使い。その二人に、おそらく、異能と禁書の所有がバレたためだ。

情報のアドバンテージを活《い》かすためか、二人の大魔法使いはまだ動いてはいない。だが、このまま学園に所属し続ければいつか追いつめられることは明らかだった。レンとアンネは新たなチェスの駒にされるだろう。そう考え、レンはユグロ・レーリヤに助けを求めた。

返事は端的だった。

『すぐに、帰ってこい』

『彼女、連れてこいよ』

彼女じゃない、と、レンは返さなかった。

学園を去ることは、『小鳩』の生徒たちにも言うことはできない。

だが、特別な友人たちである、ベネ、アマリリサ、ディレイにはちゃんと別れを告げた。


一生懸命、耳を倒さずにベネは言った。

「絶対に、ぜーったいにまた会えるさね」

ぎゅっと、胸に手を押し当てて、アマリリサは気丈に口を開いた。

「離れていても私はあなたの妻です。必ず、またお会いしましょう」

深々とうなずいて、ディレイは約束を結んだ。

「レン氏のピンチには必ず駆けつけましょうぞ」

全てが美しい思い出であり、
未来への確かな希望だった。

＊＊＊

「また会いたいな」

「会おう、絶対に」

　そう、レンとアンネは言いあう。

　しばしの沈黙が落ちた。馬車が来るまでにはまだ時間がある。

　ひとつ、レンは咳払《せきばら》いをした。覚悟を決めて、彼はたずねる。

「……おまえの焚書《ふんしょ》の期日って、あと、どれくらいあるんだ」

「『もう一人の私』の持っていた禁書も全て回収できたからね。本当にすぐ……いや、嘘はよくないな。今にでももう、かな」

　悲しそうにアンネは笑って言う。ずきりと、レンは魔術で治療した足が痛んだ気がした。

　彼は彼女をにらみつける。人の抱えられる喪失には限度があった。これ以上はもう無理だ。

　厳しく、彼は想《おも》いを口にする。

「そんなことは絶対に許さない。サーニャだけじゃなく、おまえまで失うなんてまっぴらだ……死んでみろ。今度こそ、俺も後を追うぞ」

「そうだと思ったから、私はまだ生きているんだけどね。君を巻きこむわけにはいかないから。あのね、少年。君の仇《かたき》は……君自身でもあったが、決着はついた」

穏やかに、アンネは語る。それは、いろいろなものをすでに諦め終えた声だった。

事実を噛《か》みしめるように、彼女は語る。

「そういう約束だった。もう、私との相棒関係は解消しても……」

「あのな。そういうんじゃなくってだな。ああ、もう、じれったい」

「なにが？」

「俺は口下手だからな。行動で示すぞ」

そう言うと、レンはアンネをひき寄せた。

彼女は抵抗しなかった。だから、彼は止まることなく動いた。


唇に唇を重ねる。


触れるだけのキスをしたあと、レンは体を離した。告白をするように、彼は言う。

「これが俺の答えだ」

頰《ほお》が熱くなるのを感じながら、レンはアンネをうかがった。彼女は目を見開いている。

ぽろりと、そこから涙が落ちた。

そんなに嫌だったのかと、レンは慌てた。だが、アンネは激しく首を横に振った。

「違う、違うよ……少年、やはり、私は君に会わなければよかったんだよ」

かつて禁書使いのドレス姿で、レンの血をぬぐって、彼女はささやいた。いつか、自分はそう思うのかもしれないと。その理由を、子供のように泣きながら、アンネはつぶやく。


「生き続けたくなっちゃったじゃないか」


ぐす、ぐすっと、彼女はらしくもなく大きくしゃくりあげる。流れ落ちる涙を、レンは指でぬぐった。いつかのアンネのように。そして、彼女を目に映して、まっすぐに告げた。

「生きろよ」

レンは言う。

「おまえが言ったんだ、俺なら世界を変えられるって。俺はまずおまえの運命を変えてみせる。そして、おまえと一緒にサーニャの仇も倒して、それから、この世界を変えるんだ」

もう、誰も泣かなくていいように。

誰かが悲しまなくて、いいように。

「だから、おまえは俺の隣で笑っていてくれ」
「まるで、伴侶みたいだね」
「みたいだねじゃなくて、伴侶だろ。おまえが言ったんだぞ」
「そうだった」

君、私の伴侶になりたまえよ。

そこから、レンとアンネは始まった。
そして、最後にはそこへと行き着く。

「アンネ、本当の、俺の伴侶になってくれ」
「とっくの昔に私は君の、レンの伴侶だよ」

相棒を超えた二人の下へ、

やがて迎えの馬車が着く。

悲しみは晴れない。絶望は続く。今後も、悪夢を見るだろう。
それでも覚悟と希望を胸に抱いて、レンとアンネは歩きだす。

レンの首もとにはサーニャの鍵が、
アンネの胸には『アンネ』の鍵が、
二つ、小さく輝いていた。

あとがき

二巻出ました。

今回は魔導戦争編となります。


一巻から大きく動いた二巻でしたが、いかがだったでしょうか？

個人的には、大変好きな話にできました。

レンの過去、そして禁書少女の真実、仲間たちの戦いを少しでもお楽しみいただけたのならば幸いです。個人的な推しは、グレイ・ドードーです。私ちゃん、今まで書いたことのないタイプの女子だったね。


こちらの話は、私の初期構想では完成しませんでした。プロット作成の際、大変重要なご指摘を数多くくださった編集のK様には深く感謝を申し上げます。そして、今回はスケジュールの都合上、まだイラストをいただいていないのですが、お忙しい中、表紙、口絵、挿絵を作成してくださった、みきさい先生に深くお礼を申し上げます。美麗なイラストを拝見しているであろう、未来の自分がうらやましいです。

そして何よりも読者の皆様に最大級のお礼を申し上げます。

今作をお読みくださり、本当に、ありがとうございました。

魔導戦争編は、辛さもありつつも、お祭り感のある話にしたかった巻となります。レンとアンネの駆け抜けた冒険を、一緒に走り抜いていただけたのなら、とても嬉しく思います。願わくば、そのひと時が心躍るものでありましたように。

それでは、今日はこの辺で。

また出会えることを夢見ながら、失礼します。

魔《ま》導書《どうしよ》学園《がくえん》の禁書《きんしよ》少女《しようじよ》2
少年《しようねん》、共《とも》に誓《ちか》いを結《むす》ぼうか

著	綾里《あやさと》けいし
	角川スニーカー文庫　23308 2022年10月１日　初版発行
発行者	青柳昌行
発　行	株式会社KADOKAWA 〒102-8177 東京都千代田区富士見2-13-3 電話　0570-002-301（ナビダイヤル）
印刷所	株式会社暁印刷
製本所	本間製本株式会社

◇◇◇

●お問い合わせ
https://www.kadokawa.co.jp/（「お問い合わせ」へお進みください）
※内容によっては、お答えできない場合があります。
※サポートは日本国内のみとさせていただきます。
※Japanese text only

Printed in Japan　ISBN 978-4-04-112309-6　C0193

★ご意見、ご感想をお送りください★
〒102-8177 東京都千代田区富士見 2-13-3
株式会社KADOKAWA　角川スニーカー文庫編集部気付
「綾里けいし」先生「みきさい」先生

角川文庫発刊に際して

角川源義

第二次世界大戦の敗北は、軍事力の敗北であった以上に、私たちの若い文化力の敗退であった。私たちの文化が戦争に対して如何に無力であり、単なるあだ花に過ぎなかったかを、私たちは身を以て体験し痛感した。西洋近代文化の摂取にとって、明治以後八十年の歳月は決して短かすぎたとは言えない。にもかかわらず、近代文化の伝統を確立し、自由な批判と柔軟な良識に富む文化層として自らを形成することに私たちは失敗して来た。そしてこれは、各層への文化の普及滲透を任務とする出版人の責任でもあった。

一九四五年以来、私たちは再び振出しに戻り、第一歩から踏み出すことを余儀なくされた。これは大きな不幸ではあるが、反面、これまでの混沌・未熟・歪曲の中にあった我が国の文化に秩序と確たる基礎を齎らすためには絶好の機会でもある。角川書店は、このような祖国の文化的危機にあたり、微力をも顧みず再建の礎石たるべき抱負と決意とをもって出発したが、ここに創立以来の念願を果すべく角川文庫を発刊する。これまで刊行されたあらゆる全集叢書文庫類の長所と短所とを検討し、古今東西の不朽の典籍を、良心的編集のもとに、廉価に、そして書架にふさわしい美本として、多くのひとびとに提供しようとする。しかし私たちは徒らに百科全書的な知識のジレッタントを作ることを目的とせず、あくまで祖国の文化に秩序と再建への道を示し、この文庫を角川書店の栄ある事業として、今後永久に継続発展せしめ、学芸と教養との殿堂として大成せんことを期したい。多くの読書子の愛情ある忠言と支持とによって、この希望と抱負とを完遂せしめられんことを願う。

一九四九年五月三日

このすば 暁なつめが描く、
もう一つの異世界コメディ!
暁なつめ
NATSUME AKATSUKI
ILLUSTRATION
カカオ・ランタン
KAKAO LANTHANUM
戦闘員、派遣します!
COMBATANTS WILL BE DISPATCHED!
特設サイトは▼コチラ!▼
シリーズ好評発売中!
全世界の命運は——
悪の組織に託された!?
スニーカー文庫

入栖
—Author
Iris
神奈月昇
—Illust
Noboru Kannatuki
マジカル☆エクスプローラー
—Title
Magical Explorer
エロゲの友人キャラに転生したけど、ゲーム知識使って自由に生きる
Reincarnated as a Eroge Hero's Friend,
I'll live freely with my Eroge knowledge.
知識チートで
二度目の人生を
完全攻略！
特設ページは
▼コチラ!▼
スニーカー文庫

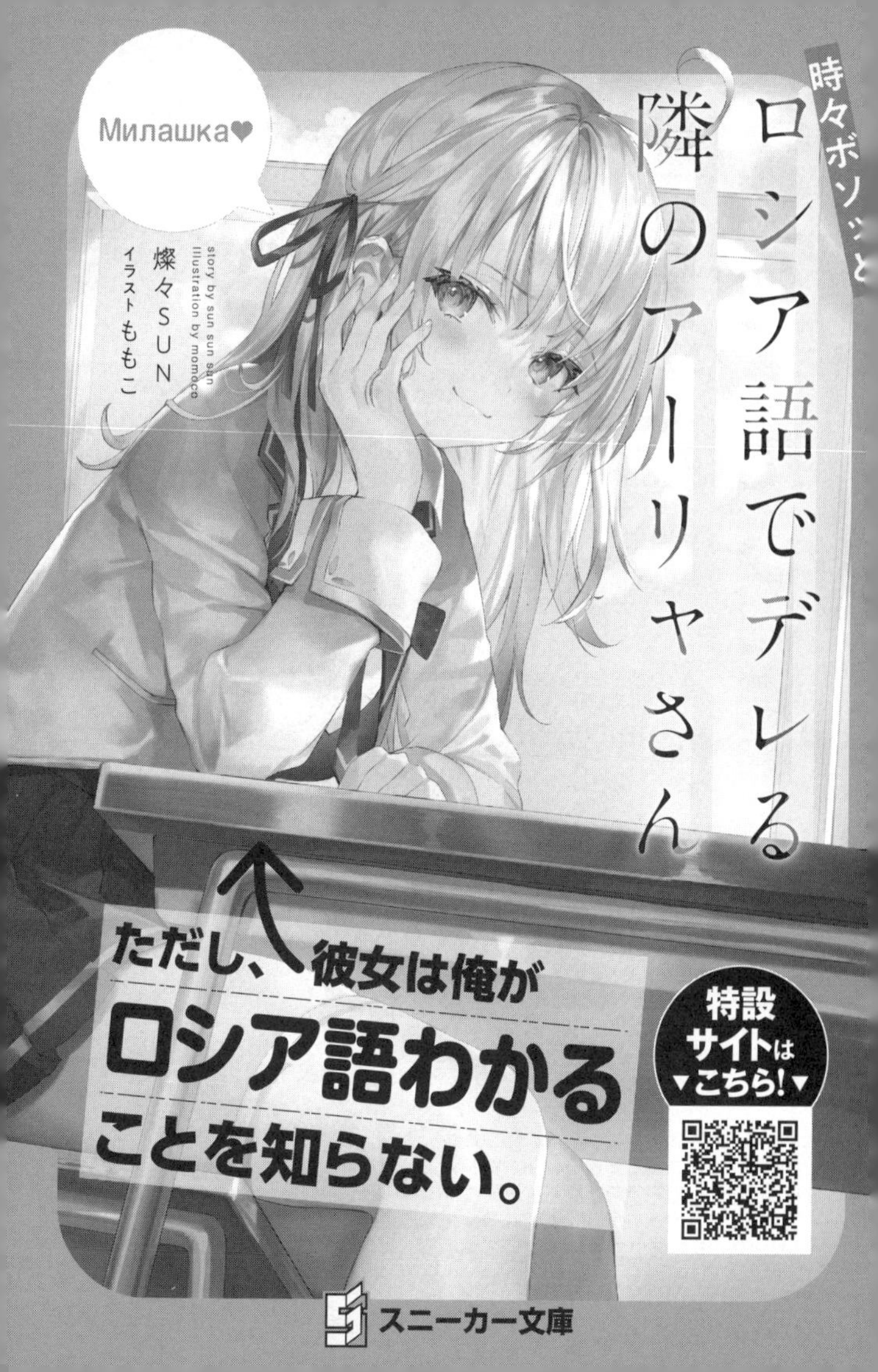
時々ボソッとロシア語でデレる隣のアーリャさん
Милашка❤
燦々SUN
イラスト ももこ
story by sun sun sun
illustration by momoco
ただし、彼女は俺がロシア語わかることを知らない。
特設サイトはこちら!
スニーカー文庫

継《まま》母《はは》の連れ子が元カノだった
Mamahaha
Tsurego
Moto kano
「昔の恋が終わってくれない」
紙城境介
イラスト／たかやKi
好評発売中!
実はまだ好き同士な
元カップルが親の再婚で
きょうだいに!?
第3回
カクヨム
Web小説コンテスト
《大賞》
ラブコメ部門
「僕が兄に決まってるだろ」「私が姉に決まってるでしょ?」親の再婚相手の連れ子が、別れたばかりの元恋人だった!?　“きょうだい”として暮らす二人の、甘くて焦れったい悶絶ラブコメ——ここにお披露目!
スニーカー文庫

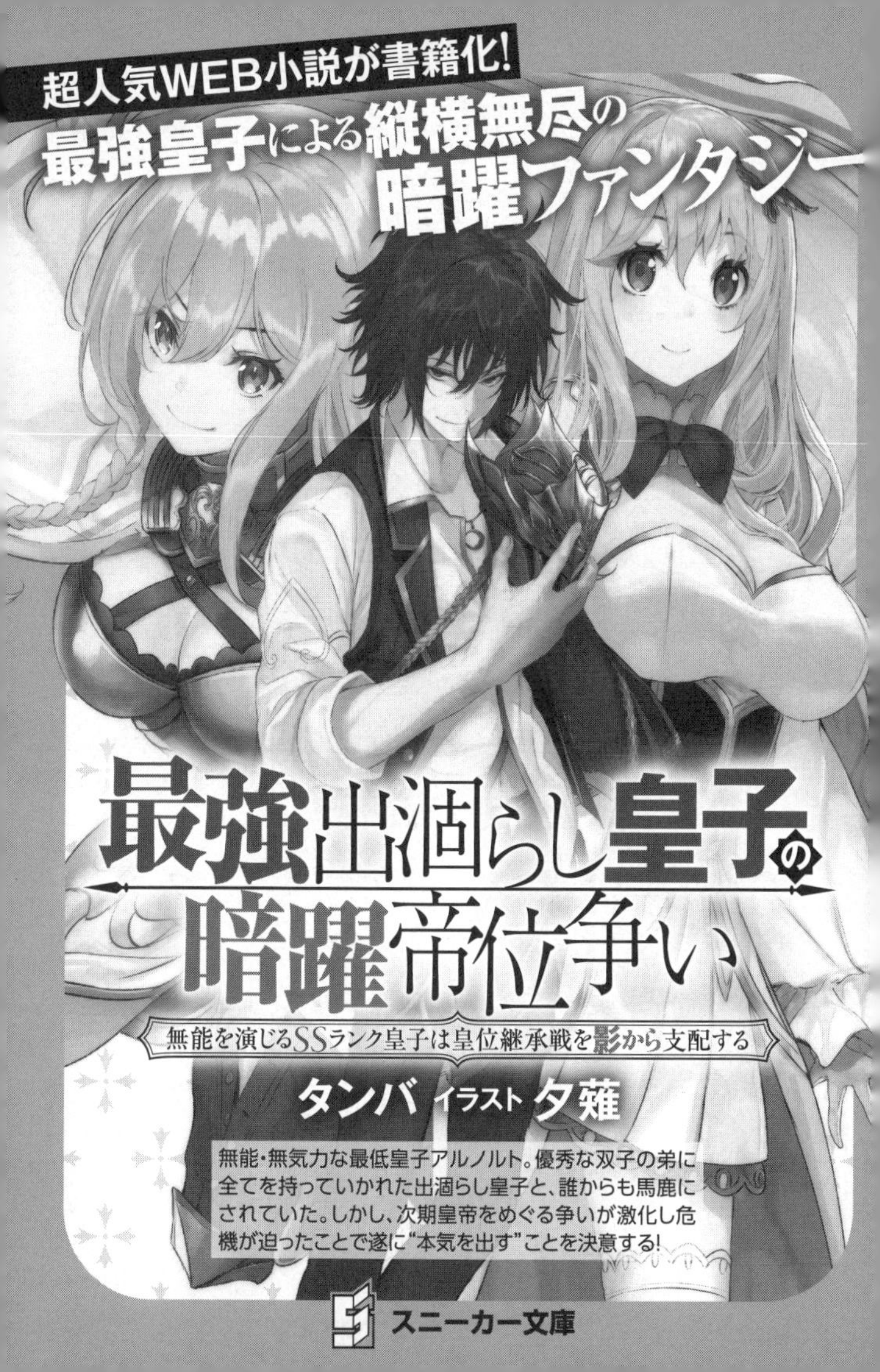

超人気WEB小説が書籍化!
最強皇子による縦横無尽の暗躍ファンタジー
最強出涸らし皇子の暗躍帝位争い
無能を演じるSSランク皇子は皇位継承戦を影から支配する
タンバ イラスト 夕薙
無能・無気力な最低皇子アルノルト。優秀な双子の弟に全てを持っていかれた出涸らし皇子と、誰からも馬鹿にされていた。しかし、次期皇帝をめぐる争いが激化し危機が迫ったことで遂に“本気を出す”ことを決意する!
スニーカー文庫

第29回
スニーカー大賞
作品募集中!
君の紡ぐ物語で
世界を変えよう。
大賞 300万円
+コミカライズ確約
金賞 100万円
銀賞 50万円
特別賞 10万円
締切必達!
前期締切
2023年3月末日
後期締切
2023年9月末日
詳細は
ザスニWEBへ
https://kdq.jp/s-award
イラスト／左